Diogenes Taschenbuch 21658

de
te
be

Simenon auf der Couch

Fünf Ärzte verhören den Autor sieben Stunden lang

Aus dem Französischen von Irène Kuhn

Mit einer Vita in 43 Bildern, einer Bibliographie und Filmographie

Diogenes

Titel der Originalausgabe:
›Simenon sur le gril‹

Der Verlag dankt dem Simenon-Fotoarchiv
und besonders Frau Joyce Aitken
vom Sekretariat Georges Simenon in Lausanne
für die großzügige Zurverfügungstellung
der Fotos
Die deutsche Erstausgabe erschien 1985
im Diogenes Verlag

Zweite, erweiterte und aktualisierte Auflage

Veröffentlicht als Diogenes Taschenbuch, 1988

60/88/8/1
ISBN 3 257 21658 0

Sieben Stunden lang
stand Simenon fünf Ärzten
Rede und Antwort:
Dr. Ch. Durand, Dr. S. Cruchaud,
Dr. R. Kaech, Dr. J.-J. Burgermeister,
Dr. P. Rentchnick

SIMENON hat Millionen Leser. Zusammen mit Jules Verne und Victor Hugo zählt er zu den meistübersetzten Autoren. Der weltweite Erfolg seines Werkes stellt uns vor ein Rätsel: Zwar sind die Maigret-Romane sowohl in Europa als auch in Japan, in den Vereinigten Staaten und in sämtlichen Sowjetrepubliken sehr beliebt. Aber trotz seiner äußersten Beliebtheit ist Simenon als hochbegabter Schriftsteller erkannt worden, und zwar von so anerkannten Größen wie Gide, Roger Martin du Gard oder François Mauriac.

Spezialisten zögern nicht zu behaupten, Simenon sei in der Literatur ein einmaliges Phänomen und in erster Linie ein schöpferisches Genie. Die Ärzte haben Simenons Werk bewundert und waren dabei immer ganz besonders fasziniert von der Art, wie Maigrets geistiger Vater vorging, wie er systematisch die ursprünglichsten Sinneswahrnehmungen (Geruch, Geschmack usw.) beschrieb, wie er sich wie kein anderer in die Haut des andern, seiner Figur versetzen konnte. In den Maigret-Romanen entsteht die Spannung nicht aus der Identität des Schuldigen, sondern aus dem psychologischen Prozeß, der zur Tat führt, dem Schritt zur Tat. Demzufolge ist Maigrets Vorgehen ein Bemühen um phänomenologisches Begreifen, welches in vielen Fällen vom bloßen Erfassen zum Verstehen und Mitfühlen wird und dem ganzen Geschehen einen medizinischen, psychologischen Aspekt abgewinnt, und später, zum Zeitpunkt des Dialogs oder der Begegnung, sogar einen psychotherapeutischen Aspekt, den man folgendermaßen umschreiben könnte: »Ich kenne Sie ganz genau, Ihre Vergangenheit, Ihre Licht- und Schattenseiten, kurzum: die ganze Wahrheit über Sie! Ich weiß, was Sie getan haben und warum Sie es getan haben, und ich verstehe Sie und mag Sie trotzdem; ich lehne Sie nicht ab, ich verurteile Sie nicht, ich nehme Sie so, wie Sie sind.« Kein Wunder, daß sich die Ärzte in Maigret wiedererkennen.

Ärzte, die Simenons Werk schlecht kannten, waren über *Die Glocken von Bicêtre* sehr erstaunt; die Widmung dieses Buches ist bezeichnend: ›Für alle diejenigen, Professoren, Ärzte, Krankenschwestern und Pfleger, die in Krankenhäusern und anderswo um Verständnis und Hilfe bemüht sind, für das Wesen, dem wir am hilflosesten gegenüberstehen: dem kranken Menschen.‹ Durch eine halbseitige Lähmung zur Bewegungslosigkeit verurteilt, sieht die Hauptfigur dieses Romans nun die andern Menschen anders, als sie sich selbst sehen; er teilt ihre Probleme nicht mehr, sie sind für ihn erledigt. Der Gelähmte beobachtet seine Umwelt und stellt sich dabei Grundfragen, Fragen, die einen gesunden Menschen im täglichen Leben aus Zeitmangel nicht bewegen können; es sind Fragen, die ihn wie in einem Strudel in die allertiefsten Bezirke des menschlichen Wesens hinabdringen lassen, da wo der Mensch seine Identität verliert, weil hier alle Menschen wieder gleich sind. Im Angesicht der Krankheit, dieser immer möglichen Grenzsituation, dieser Prüfung, sind sich die Menschen nahezu gleich, oder zumindest weniger ungleich. Aus dieser Situation erwächst das Bedürfnis, Bilanz zu ziehen, was es Simenon ermöglicht, ein ganzes Leben mit vielen Rückblicken auf einzelne Kindheitserinnerungen zu streifen. Diese Bilanz wird dann öfter zum Anlaß oder zum Vorwand für eine Wendung, ein Ausweichen, ein neues Leben... Da jeder Mensch irgendwann einmal das Bedürfnis hat, in eine andere Haut zu schlüpfen, wird der einzigartige Erfolg von Simenons Werk viel einleuchtender.

Anläßlich des 25. Jahrestags der Entstehung unserer Zeitschrift ›Médecine et Hygiène‹ dachten wir, daß es ganz aufschlußreich sein könnte, einen Tag mit Simenon auf seinem Besitz in Epalinges ob Lausanne zu verbringen. Diese Begegnung fand in einer geradezu freundschaftlichen Atmosphäre statt; der außerordentliche Erfolg hat Simenon nicht zu einem gezierten, künstlichen Menschen gestempelt: Wir sind einem Mann begegnet, der einfach und zugänglich geblieben ist, der ununterbrochen Fragen an sich stellt und sich und sein Talent durchaus auch in Zweifel zieht. Trotz der weltweiten Rezeption seines Werkes hat Simenon immer das Bedürfnis, ermutigt zu werden, was ihn menschlich erscheinen läßt und ihn sehr empfänglich für die Probleme seiner Mitmenschen macht.

Wir möchten Simenon herzlich dafür danken, daß er uns erlaubt hat, seine unvorbereiteten, vertraulichen Mitteilungen zu veröffentlichen. Sie stellen ein psychologisches und literarisches Dokument dar, womit wir die »Akte« über diesen Autor bereichern wollen. Zum Zeitpunkt seines 65. Geburtstages hatte Simenon somit die Gelegenheit, Bilanz eines Lebens zu ziehen, das überall dasselbe Interesse weckt.

WENN ICH MIT DER ARBEIT AN EINEM ROMAN BEGINNE, WERDE ICH ZUR HAUPTFIGUR, UND ZEHN TAGE LANG WIRD MEIN GANZES LEBEN DAVON GEPRÄGT. ICH »TRETE IN DEN ROMAN EIN«, WIE MAN IN EINE GLAUBENSGEMEINSCHAFT EINTRITT.

Sind Sie ein Schriftsteller des Unbewußten?

Selbstverständlich! Mich befällt das Unbewußte schubweise, und wenn ich den richtigen Zeitpunkt verpasse, besteht die Gefahr, daß es sich verflüchtigt. Wenn ich zum Beispiel krank werde, während ich an einem Roman arbeite, und etwa zehn Tage aussetze, bis ich weiterschreiben kann, ist es durchaus möglich, daß ich das ganze Projekt aufgeben muß, weil es mir völlig fremd geworden ist. Es berührt mich nicht mehr. Dann frage ich mich, warum gerade diese Figur oder jenes Detail der Ausgangspunkt sein mußte.

Vielleicht gibt es so etwas wie ein Sieb, wie eine Schleuse, die rechtzeitig in Anspruch genommen werden muß. Vielleicht ist es auch eine Anlaufzeit!

Ich kann vier oder fünf Tage lang mit dem Roman schwanger gehen, aber länger als vierzehn Tage kann ich den Prozeß des Gebärens nicht zurückhalten. Die Arbeit muß kontinuierlich sein; ich kann keinen Tag mit dem Niederschreiben aussetzen, sonst ist der Faden abgerissen. Wenn ich mit der Arbeit an einem Roman beginne, werde ich zur Hauptfigur, und mein tägliches Leben wird von morgens bis abends, von früh bis spät durch diese Figur geprägt: Ich stecke regelrecht in der Haut dieser Figur. So kommt es, daß ich den Zugang zur Figur verliere, wenn ich 24 Stunden lang wieder ich selbst werde; ich finde die Figur nicht mehr, oder aber, wenn ich sie wiederfinde, dann erscheint sie mir künstlich und unecht. Bevor ich einen Roman schreibe, zu dem Zeitpunkt, wo ich mich in den Zustand versetze, den ich Gnadenzustand nenne, muß ich mich sozusagen meiner selbst entleeren, mich all dessen entleeren, was meine Persönlichkeit ausmacht, um nur noch rezeptiv zu sein, d.h. um andere Figuren, andere Eindrücke aufnehmen zu können. Das geht in großen Zügen etwa folgendermaßen zu: Während ich das Buch schreibe, muß ich so schnell wie möglich schreiben und dabei so wenig wie möglich daran denken, so daß das Unbewußte in höchstem Maße selbständig arbeitet. *Im Grunde genommen wäre ein Roman, den ich bewußt schreiben würde, wahrscheinlich sehr schlecht.* Der Verstand darf bei der Niederschrift eines Romans nicht mitspielen. Ich arbeite ähnlich wie die Maler, die meisten arbeiten so. Ein Maler beginnt ein Bild, ohne zu wissen, was daraus entsteht, und erst während er daran arbeitet, verändert sich das Bild. Picasso z.B. beginnt mit einem Baum, und dann wird es ein Stier, obwohl er eigentlich einen Baum malen wollte. Die ersten Vorstellungen sind die eines Baumes, und schließlich ist das Tier einfach da!

ICH KANN MEINEN ROMAN NUR »UNBEWUSST« SCHREIBEN.

Es ist vielleicht doch nicht dasselbe. Picasso hat sich immerhin ein Thema vorgenommen, es ist gleichgültig, ob er es als Baum oder als Stier gestaltet.

Ja, möglich! Zum Beispiel wird mein nächster Roman die Gewaltverdrängung zum Thema haben. Die Hauptfigur ist da, der Ausgangspunkt ist da. Und nun versuche ich diesen Roman in Frankreich anzusiedeln. Aber da ist nichts zu machen! Damit ich meine Figur in Bewegung setzen kann, damit es einen Ausgangspunkt gibt, muß ich die Handlung in die Vereinigten Staaten verlegen. Es ist der einzige Ort, den ich genügend kenne, wo sich dieses Thema folgerichtig entwickeln kann. Wenn ich übrigens von diesem Thema spreche, so bin ich gar nicht sicher, ob es wirklich das Thema meines nächsten Romans sein wird, denn inzwischen kann es durch ein anderes abgelöst werden. Das ist schon öfter vorgekommen.

IN FAST JEDEM LEBEN GIBT ES EINMAL EINE WENDUNG, DIE DURCH EINEN UNBEDEUTENDEN ZWISCHENFALL AUSGELÖST WIRD, WELCHER DANN SOZUSAGEN UNTERSCHWELLIGES ANS LICHT BRINGT.

Ist der Ausgangspunkt ein Thema oder eine Figur?

Eher eine Figur. Ich weiß beispielsweise, daß die Figur die Gewalt in sich erstickt hat. Ich kenne die Figur schon. Ich habe bereits ihren Stammbaum aufgestellt. Ich kenne die Persönlichkeit ihrer Großmutter, ihres Großvaters, ihrer Eltern. Die Personalien sind vollständig. Ich kenne ihre Krankheiten und die der Familie, was nicht unbedingt bedeutet, daß ich die Details der Anamnese im Roman verwenden werde.

Müssen Sie sich jedesmal die Mühe machen, für Ihre Figur eine vollständige Identität und Persönlichkeit zu konstruieren?

Selbstverständlich, und das ist der Tag, den ich am wenigsten mag bei der Vorbereitung meines Romans: wenn meine Figuren ausgereift sind, aber noch keine genaue Adresse und keine Telephonnummer besitzen. Dann hole ich mir Telephonbücher und ein großes Lexikon und beginne Namen zu suchen. Ich zeichne mir auch in groben Zügen die Wohnung oder das Haus auf, weil ich wissen muß, ob die Türen nach rechts oder nach links aufgehen, ob die Sonne durch dieses oder durch jenes Fenster einfällt, ob morgens oder abends Sonne im Raum ist. Das alles *muß* sein: Ich muß mich in diesem Haus bewegen können, als wäre ich da zu Hause. Das ist alles, so sieht mein Konzept aus.

Wie ist es mit der kleinen unbedeutenden Begebenheit, die Stendhal in der Realität suchte? Erfinden Sie sie?

Ja, so ist es. Aber das ist nicht das Entscheidende. Der Ausgangspunkt kann ein Autounfall sein, ein Herzinfarkt, eine Erbschaft. *Ich brauche etwas, das den Lebenslauf meiner Figur plötzlich verändert.* Das ist durchaus glaubwürdig, denn in fast jedem Leben gibt es einmal eine Wendung, und wenn man nach den echten Beweggründen dieser Wendung sucht, entdeckt man, daß sie völlig belanglos sind; und es sind auch gar nicht die wirklichen Gründe: Dieser Zwischenfall ist ein Vorwand, der etwas Unterschwelliges enthüllt oder beweist. Wir stürzen uns dann förmlich auf diesen Zwischenfall, auf diese unwesentliche Begebenheit, um unser Leben zu ändern. In Wirklichkeit wollten wir das schon mit zwanzig, hatten aber nicht den Mut dazu.

Könnte man sagen, daß sich Ihre Figur bei dieser Gelegenheit selbst entdeckt?

Ja, der Vorfall löst gewissermaßen die Enthüllung aus.

Die Figur sieht ihre Vergangenheit mit anderen Augen, und neue, bisher latente Kräfte werden wach.

Bei den Katholiken gibt es, wie Sie wissen, das, was man Exerzitien nennt: Ein- oder zweimal im Jahr geht man ins Kloster, um angeblich Bilanz über sein ganzes Leben und Schaffen zu ziehen. Und sehen Sie, mein Ausgangspunkt erfüllt in Wirklichkeit sehr oft nur den Zweck, bei meiner Figur oder bei einer meiner Figuren diese Besinnung auf sich selbst auszulösen.

Geschieht das zwangsläufig?

Selbstverständlich! Wenn die Figur es zu diesem Zeitpunkt nicht tut, geschieht es zehn Jahre später.

Dann ist aber der Zwischenfall oder der Vorfall, von dem Sie vorhin sprachen, gar nicht relevant?

Aber er ist trotzdem nötig: Er spielt die Rolle eines Katalysators.

Ich denke zum Beispiel an die Flucht von Monsieur Monde. Er geht in den Hof hinunter und entdeckt dabei, daß sein Sohn homosexuell ist. Oder in Die Komplizen *ist ein Unfall ausschlaggebend: der blödsinnige Unfall, der diese beiden Menschen aneinander bindet.*

DAS CLOCHARDLEBEN WAR IMMER EINE VERSUCHUNG FÜR MICH; SEIT MEINER JUGEND BEKÄMPFE ICH DIESE SCHWINDELERREGENDE FASZINATION! MEINE ERSTE EHE: EIN SCHUTZWALL GEGEN UNORDNUNG UND ANARCHIE!

Wir sind erstaunt über Ihr Heim, über die Ordnung, die da herrscht.

In meiner Jugend neigte ich eher zur Unordnung, aber zugleich sehnte ich mich nach Ordnung, nach einer gewissen Beständigkeit, und im Grunde habe ich mich mein ganzes Leben lang daran festgehalten. All diese vielen Häuser, die ich bewohnt habe, waren so solide gebaut, um mich daran zu hindern, einfach »abzuhauen«. Das ist ein Bedürfnis nach Sicherheit, denn die echte Versuchung bestand darin, als Clochard zu enden (mit sechzehn Jahren habe ich schon darüber geschrieben), und eigentlich hat mich diese schwindelerregende Faszination nie losgelassen. Und ich muß gestehen, daß ich heute noch den Zustand des Clochards nahezu als einen Idealzustand empfinde. Es ist nicht zu leugnen, daß der echte Clochard ein viel vollkommenerer Mensch ist als wir.

Im Grunde genommen ist dieses Haus Ihr Heimathafen: der Schutzwall, der Sie daran hindert, zu den Clochards zu gehen.

Das ist richtig. Jedesmal, wenn ich mich irgendwo niederließ, dachte ich mir: hier wirst du ein ganz unbürgerliches Haus bauen, ein Haus, welches ein Gefühl der vollkommenen Freiheit vermittelt. Aber jedesmal entstanden dann dieselben Schutzmauern. Bevor ich mir dieses Haus hier in Epalinges baute, habe ich mir 29 andere eingerichtet. Mein ganzes Leben lang habe ich solche Sachen gemacht und Unmengen Geld investiert, um alte, baufällige Schlösser und Bauernhöfe umzubauen. Eine Zeitlang hatte ich sogar 150 Kühe, Hunde und Wölfe. Die totale Unordnung hat mich immer gelockt, aber es ist merkwürdig, daß ich seit meiner Jugend diese erlösende Reaktion hatte, wenn ich so sagen darf, selbst auszugleichen.

Können diese beiden Tendenzen nicht gleichzeitig bestehen?

Ja, schon, aber bei mir ist das wohl ein Abwehrmechanismus. Sehen Sie, wie merkwürdig das ist: Schon als ich acht Jahre alt war, stand ich zu Hause als erster auf, vor meiner Mutter, früher als alle andern: um halb sechs. Um sechs war ich schon in der Frühmesse im Krankenhaus und ministrierte. An diese Disziplin, vor sechs Uhr in der Früh aufzustehen, habe ich mich mein Leben lang gehalten. Ich glaube aber keineswegs, daß es daran liegt, daß ich gerne früh aufstehe, sondern ganz einfach daran, daß es eine Form von Disziplin darstellt. Wenn ich morgens einmal nicht früh aufstehe, habe ich eine Art Schuldgefühl, mein Gleichgewicht ist gestört, und manchmal muß ich sogar meinen Arzt um Rat bitten.

Ein anderes Detail fällt mir ein. Zum Zeitpunkt meiner Pubertät fing ich an auszugehen, mich gehen zu lassen, die Schule zu vernachlässigen, obwohl ich ein musterhafter Schüler war; im letzten Augenblick habe ich mich aber immer wieder aufgefangen. Eines Tages, als ich siebzehn war und bei der ›Gazette de Liège‹ arbeitete, lud mich ein Freund zu sich nach Hause ein; es war ein wohlhabendes bürgerliches Haus (sein Vater war der reichste Weinhändler der Stadt), und seine Schwester war ein Abbild dieses Hauses. Am folgenden Tag sagte ich zu meinem Freund: »Ich frage mich, ob ich nicht deine Schwester heiraten sollte!« Ich habe es nicht getan, aber ein halbes Jahr später, mit siebzehneinhalb, war ich bereits mit derjenigen verlobt, die dann meine erste Frau wurde. Ich spürte die Notwendigkeit zu heiraten, um allzuviele Torheiten zu vermeiden: Ich habe geheiratet, um mich gegen mich selbst zu schützen.

WENN ICH MICH IN MEINER HAUT NICHT RECHT WOHL FÜHLE, SCHREIBE ICH EINEN ROMAN: DAS ERSETZT DIE PSYCHOANALYSE.

Das ist ein Abwehrmechanismus, der schon in sehr jungen Jahren eingetreten ist. Waren Sie sich dessen bewußt?

Was das Haus anbelangte, war ich mir dessen nicht bewußt, wohl aber was die Heirat betraf. Und diese erste Heirat hat mich höchstwahrscheinlich gerettet. Eigentlich hat mich jede Art von Unordnung verlockt. Es gab zum Beispiel Anarchistengruppen in Lüttich; ich verkehrte mit ihnen, und wahrscheinlich wäre ich bereit gewesen, bis zum Äußersten zu gehen. Ich gehe soweit zu behaupten, daß meine Romane eine ähnliche Funktion wie die Heirat oder das Haus erfüllen. Wenn ich mich zur Disziplin zwinge, wenn ich so viele Romane im Jahr schreibe, so tue ich das auch, weil eine Art Alarmsignal ausgelöst wurde. Wenn ich krank bin, sage ich zu meinem Arzt, daß ich mich nicht wohl fühle, daß ich unter diesem oder jenem leide. Mein Arzt antwortet dann immer: »Wann fangen Sie einen neuen Roman an?« Wenn ich sage: »In acht Tagen«, meint er: »Dann ist alles in Ordnung!« Als ob er mir auf einem Rezept verordnen würde: »So schnell wie möglich einen Roman schreiben!« Das ist die Therapie, die bei mir am besten wirkt.

Was die Motivation zum Schreiben betrifft: Sind Sie mit Charlie Chaplin einverstanden, der Ihnen vor vielen Jahren einmal sagte: »Sobald man sich in seiner Haut nicht wohl fühlt, schreibt man einen Roman oder dreht einen Film. Das ersetzt den Psychoanalytiker;

aber anstatt zu zahlen, werden wir dafür noch bezahlt.«?

Ich glaube, es ist schon etwas Wahres dran an dem, was Chaplin damals gesagt hat.

IN MEINER KINDHEIT HABE ICH EIN BILD DES DURCH DIE GESELLSCHAFTSORDNUNG DOMESTIZIERTEN MENSCHEN KENNENGELERNT.

Während des reichhaltigen Essens, das Sie uns vorhin serviert haben, unterhielten wir uns über die heutige Moral, über das in bedeutenden Zeitaltern schwankende Bild des Menschen, über die schwierigen Probleme, die uns die Erziehung unserer Kinder bereitet. Ich möchte wissen, wie das Bild aussah, das Sie sich vom Menschen zurechtgelegt hatten, als Sie noch ein Kind waren.

In meiner Familie sah ich das Beispiel vom Menschen, der durch die Gesellschaftsordnung des ausgehenden 19. und des beginnenden 20. Jahrhunderts geprägt worden war. Man benötigte Angestellte, Arbeiter, Diener, und die Gesellschaft hatte sie hervorragend »domestiziert«. Sie waren alle überzeugt, ehrliche

Menschen zu sein, und alle liefen sie folgsam mit, wie bei einer Prozession. Mein Vater ging in sein Büro, genau wie er auch in den Himmel gegangen wäre, wenn man es von ihm verlangt hätte. Er verkörperte die Rechtschaffenheit, und alle meine Onkel auch; er hatte das rituelle Verhalten des Rechtschaffenen. Mein Vater war beseelt vom Köhlerglauben, sowohl was Religion als auch Gesellschaft betraf. Ich glaube, daß er ein glücklicher Mensch war. Er lebte mit sich und den andern in Frieden, trotz der Mittelmäßigkeit und Bescheidenheit unseres Lebens. Meine Mutter hingegen und einige ihrer Schwestern konnten nie genug kriegen; sie glaubten fest an die bestehende Gesellschaftsordnung und strebten danach, ein paar Stufen höher zu steigen. Die Gesellschaftsordnung an sich war gut, nur stand man nicht auf der richtigen Stufe! Mein Vater arbeitete in einem kleinen Versicherungsbüro mit fünf Angestellten, die vertraten zwei Versicherungsgesellschaften, die Générale und die Winterthur.

Arbeiteten sie alle im selben Büro?

Ja.

Man hat den Eindruck, daß diese Tatsache nicht ohne Einfluß auf Sie geblieben ist. Man braucht sich nur Ihre Arbeitsräume hier anzusehen, wie zweckmäßig sie eingerichtet sind, mit derselben Pfeifen- und Bleistiftsammlung in jedem Raum! Aber jeder Raum säuberlich von den anderen getrennt…

Daran habe ich zwar nie gedacht, aber das könnte schon stimmen.

Als die Lebensversicherungen aufkamen, von denen man sich ein gutes Geschäft versprach, wurde meinem Vater eine Vertretung angeboten. Er lehnte ab mit der Begründung, er wolle seine Ruhe haben. Die Geschäfte seines jüngeren Kollegen, der diese neue Art von Versicherungen übernahm, gingen bald glänzend; er kaufte Haus und Auto, schickte seine Tochter in die vornehmste Klosterschule von Lüttich, während mein Vater sich weiterhin mit 180 Franken im Monat begnügte. Ich kann Ihnen sagen: Meine Mutter hat ihn deswegen sein Leben lang mit Vorwürfen verfolgt. Irgendwann wollte man ihn nach Brüssel zum Hauptsitz der Gesellschaft versetzen; das hätte Aufstieg und doppeltes Gehalt bedeutet. Mein Vater sagte: »Ach nein, ich bin hier in diesem Viertel geboren, da kenne ich jeden.« Er brauchte den Kontakt zu den Menschen, die er schon immer gekannt hatte.

MEIN VATER WAR EIN GLÜCKLICHER MENSCH,
OBWOHL WIR SEHR BESCHEIDEN LEBTEN:
ER WAR EIN WEISER MENSCH!

Ich will Ihnen ein Beispiel nennen: Mit zwanzig Jahren war mein Vater Mitglied eines dieser Wohltätigkeitsvereine, wie es damals viele gab, und manchmal wurde da ein Stück aufgeführt. Was glauben Sie, was mein Vater – der groß war und gut aussah – sich für eine Rolle aussuchte? Die des Souffleurs, und die spielte er jahrelang. Er konnte alle Rollen auswendig, brauchte keinen Text mehr; aber von sich aus hatte er die Rolle des Souffleurs gewählt. Sie sehen: Wie immer wollte er seine Ruhe haben, anstatt den Blicken der Menge ausgesetzt zu sein. Und trotzdem habe ich den Eindruck, daß mein Vater ein ausgeglichener, glücklicher Mensch war: ein weiser Mensch.

Wie empfanden Sie früher das Verhalten Ihres Vaters?

Ich war wütend auf meine Mutter. Ich fand, daß es unrecht war von meiner Mutter, wenn sie Untermieter aufnahm, gegen den Willen meines Vaters. Mein Vater kam abends um halb sieben nach Hause. Sein Sessel – es gab nur einen im Haus – war dann von einem der Studenten besetzt. Seine Zeitung wurde gerade von einem der andern gelesen, und er mußte warten. Die Mahlzeiten wurden nicht mehr zur gewohnten Zeit eingenommen, wir mußten warten, bis die Studenten gegessen hatten, dann erst waren wir an der Reihe. Ich glaube sogar, daß unser Speisezettel nicht mehr für die Familie zusammengestellt war, sondern oft vom Geschmack und von den Wünschen der Studenten abhing. Ich fand es empörend, daß meine Mutter meinem Vater so etwas antat, und ich war ihr deshalb sehr böse.

Hinzu kam, daß meine Mutter meinem Vater oft vorwarf, daß er sich nicht um sie und um ihre Zukunft kümmerte, insbesondere daß er keine Lebensversicherung abgeschlossen hatte, obwohl er doch in der Versicherungsbranche arbeitete. Die Wahrheit aber erfuhr ich erst nach dem Tode meines Vaters: Er hatte wohl versucht, eine Lebensversicherung abzuschließen, aber die Ärzte hatten sie ihm verweigert. Zwanzig Jahre lang hat mein Vater diese manchmal sehr bitteren Vorwürfe geduldet... Er sagte nichts, senkte den Kopf; er hat nie erklärt, daß es daran lag, daß er krank war. Mit 44 ist er dann an einem Infarkt gestorben, beziehungsweise an einem Herzschlag, wie man damals sagte.

Das ist menschliche Größe!

Ja, mein Vater hat viel über sich ergehen lassen. Ich will Ihnen noch eine andere Anekdote erzählen. Überschäumende Gefühle waren bei den Simenons nicht üblich. Eines Tages beklagte sich meine Mutter und sagte: »Du hast mir nie gesagt: ›Mein Schätzchen, ich liebe dich!‹« Da hat mein Vater sie angeschaut und gesagt: »Aber du bist doch da, das genügt doch! Warum soll ich noch etwas hinzufügen?«

MIT DEM TOD MEINES VATERS WENDET SICH MEIN SCHICKSAL!

Vorhin sprachen wir von dem Zwischenfall, von der Begebenheit, die das Schicksal eines Menschen ändern kann. Welche Begebenheit hat in Ihrer Kindheit eine Änderung in Ihrem Leben bewirkt?

Der Tod meines Vaters. Ich war damals auf dem Gymnasium, als Dr. Fischer mich zu sich rief, was mich im übrigen sehr erstaunte. Er hat mir gesagt: »Georges, ich habe eine schlechte Nachricht für dich; du mußt jetzt dein Studium abbrechen und dir deinen Lebensunterhalt verdienen.« – »Warum denn?« fragte ich. »Weil ich deinen Vater vor ein paar Tagen untersucht habe, und ich glaube nicht, daß er noch länger als zwei oder drei Jahre zu leben hat, höchstens zwei oder drei Jahre!« Ich habe nicht geweint; es tat mir um meinen Vater so leid.

Glauben Sie nicht, daß Ihre Beziehungen zu Ärzten weitgehend durch das damalige Verhalten von Dr. Fischer geprägt wurde? Es gelang ihm damals, ein ausgezeichnetes Vertrauensverhältnis zu Ihnen zu schaffen!

Ich glaube schon.

Zu einem entscheidenden Zeitpunkt Ihres Lebens haben Sie einen Arzt dieses Kalibers kennengelernt. Waren Sie nicht erstaunt darüber, daß er mit Ihnen, dem Sohn, über den Gesundheitszustand Ihres Vaters sprach und nicht mit Ihrer Mutter? Sie waren damals erst fünfzehn!

Wahrhaftig ja; und ich habe dann meinem Vater und meiner Mutter sagen müssen, daß ich keine Lust mehr hätte, weiter zur Schule zu gehen, obwohl eigentlich jeder wußte, daß ich ehrgeizig war.

Hat es Sie nicht erstaunt, daß der Arzt Sie, einen jungen Mann von fünfzehn Jahren, als Vertrauten, sozusagen als Hauptperson der Familie wählte? Und daß er Ihnen Verantwortungen aufbürdete, die eigentlich für Erwachsene bestimmt waren? Hat es Sie nicht erstaunt?

Ja, ein wenig schon, aber wissen Sie, meine Mutter war sehr unausgeglichen, sehr aufbrausend. Sie hatte fürchterliche Wutausbrüche.

Vielleicht. Aber wir Ärzte wissen aus Erfahrung, an wen wir uns zu wenden haben, wenn es um einen hoffnungslosen Fall geht: Wir suchen dann immer die stärkste Persönlichkeit, die Vertrauensperson, den richtigen Gesprächspartner. Glauben Sie nicht, daß dieser Dr. Fischer eine entscheidende Rolle gespielt hat in der Wendung Ihres Lebens damals als junger Mann?

Ja, sicher. Ich wußte, daß ich eines Tages schreiben würde, aber ich wußte noch nicht wann.

ICH WÄRE GERN ARZT GEWORDEN.

Glauben Sie, wenn Sie weiter aufs Gymnasium gegangen wären, daß Sie einen andern Beruf gewählt hätten, Arzt zum Beispiel? Wenn ich mich recht erinnere, haben Sie das Thema angeschnitten, als Sie 1962 den 6. Kongreß der ›Internationalen Vereinigung der Schriftsteller-Ärzte‹ in Montreux eröffneten.*

Selbstverständlich. In der Pension, die meine Mutter führte, wohnten oft mehrere Medizinstudenten. War das der Fall, dann wurde zu Hause nur über Medizin gesprochen. Demzufolge hat mich das sehr gereizt. Ich las auch ihre Bücher. Ich erinnere mich auch genau, daß ich damals das Lehrbuch über Anatomie von Testut studiert habe.

* Seit 1973: ›Weltunion der Schriftsteller-Ärzte‹, der die nationalen Verbände der Schriftsteller-Ärzte angeschlossen sind. (z. B. Bundesverband der deutschen Schriftsteller-Ärzte, Schweizerische Schriftsteller-Ärzte Vereinigung)

ICH BEWUNDERTE MEINEN ANARCHISTISCHEN UND NONKONFORMISTISCHEN ONKEL.

Sie beschreiben uns da eine strukturierte, wohlgestaltete Familienwelt. Wie erklären Sie sich denn diesen Hang zum Clochardleben?

Ich hatte einen Onkel, der Clochard war; er hatte drei oder vier Jahre studiert, aber während seines Militärdienstes hatte er die Kantinenwirtin geheiratet; dadurch waren ihm alle Wege zu angesehenen Berufen versperrt. Er hat dann alle möglichen minderwertigen Berufe ausgeübt, Kellner z.B.; er fing an zu trinken und wurde Anarchist. Wenn man ihn auf der Straße traf, schämte man sich und wendete sich von ihm ab. Ich aber fand ihn sympathisch, und von allen meinen Onkeln war er mir der liebste. Er verkörperte den Nonkonformismus. Mein Vater akzeptierte ihn so wie er war, er fand es sogar ganz lustig, einen Säufer in der Familie zu haben.

Ihr Onkel muß für Sie eine wichtige Rolle gespielt haben. Man spürt, daß Sie ihn mochten. Der Vater akzeptierte diesen Clochard, die Mutter lehnte ihn ab, also wurde die Mutter für Sie zum Objekt Ihrer Abneigung.

Ich glaube, das stimmt, ja. Um Ihnen eine Vorstellung von der Erziehung meiner Mutter zu vermitteln, will ich ein Beispiel nennen. Eine Zeitlang war ihr Vater sehr vermögend: Er war ein bedeutender Holzimporteur und besaß viele Schiffe, die von Pferden an den Kanälen entlang gezogen wurden, er besaß sogar ein Schloß... Und plötzlich verlor er sein ganzes Vermögen. Meine Mutter kam als 13. Kind zur Welt; ihren Vater kannte sie nur bis zu ihrem sechsten Lebensjahr, dann starb er. Der Alkohol hatte ihn zugrunde gerichtet. Von diesem Zeitpunkt an machte meine Mutter die Erfahrung der Armut. Wenn ihre Mutter auf der Treppe jemanden kommen hörte, stellte sie eine ganze Reihe von Töpfen mit Wasser auf den Herd, damit man den Eindruck gewinnen sollte, ein gutes Essen werde gerade zubereitet. Da können Sie sich in etwa vorstellen, wie meine Mutter erzogen wurde. Meine Großmutter verließ das Haus nie ohne Hut und Handschuhe, nicht einmal, wenn sie nur um die Ecke ging: Man durfte nicht absteigen! Mein Vater hatte solche Probleme nicht, denn er stammte aus einem Handwerkerviertel. In diesem Milieu findet man nicht dieselben sozialen Schranken, da nimmt man die Dinge viel leichter!

Aber diese Clochardfigur? War es wirklich die Figur an sich, von der Sie sich angezogen fühlten, oder war es nicht einfach das Abweichen von der gesellschaftlichen Norm, die Freiheit, das Romantische daran?

In jeder Form von gesellschaftlichem Leben gibt es eine Reihe von Konzessionen, die man macht: den

Kindern gegenüber, den Frauen gegenüber; Sie als Ärzte den Patienten gegenüber. Der Clochard aber ist der einzige Mensch, der keine Konzessionen macht, der nur nach *seiner* Wahrheit lebt. In Paris habe ich sehr viel mit Clochards verkehrt und ihre Akten beim Polizeipräsidium eingesehen. Eine wenig bekannte Tatsache, die mir jedoch äußerst interessant zu sein scheint, ist, daß der Clochard nicht immer von niedriger Herkunft ist und nicht immer von Anfang an außerhalb der Gesellschaft stand. Drei habe ich gleichzeitig gekannt, die Clochard aus Berufung waren. Der eine war Professor in Straßburg, der andere war Direktor eines Unternehmens gewesen und war dann später einem Zirkus gefolgt, weil ihn so etwas mehr faszinierte, und der dritte war ein ehemaliger Buchhändler.

Die vielen Häuser, die ich umgebaut habe, auch dieses hier, wo wir uns heute befinden, waren für mich immer zugleich Schutz, vielleicht auch Maske oder Tarnung (aber da gehe ich wahrscheinlich etwas zu weit!), aber auf jeden Fall Fassade, vielleicht auch Alibi, Schutzwall, Abwehr.

Erzählen Sie uns doch noch etwas über die Flucht von Monsieur Monde.

Nun ja, am Ende ist Monsieur Monde in die Gesellschaft zurückgekehrt; er hat sich verändert, und niemand hat es gemerkt.

VIELLEICHT KANN MAN SEINE TRÄUME VON FREIHEIT UND CLOCHARDLEBEN AM EHESTEN VERWIRKLICHEN, WENN MAN EIN HÖCHSTMASS AN ORDNUNG ERREICHT.

Glauben Sie nicht, daß Ihre Maigret-Figur so etwas wie ein Polizei-Clochard ist, dessen Integriertsein in der Gesellschaft nur als Schutz nach außen hin zu verstehen ist?

Das kann schon sein, aber Monsieur Monde ist ein besseres Beispiel: Für ihn gab es keinerlei Ordnung mehr, sobald er die Gesellschaft verlassen hatte.

Aber hat denn dieser Clochard seine Freiheit wirklich gewählt? Wir haben den Eindruck, daß Sie hier, im Rahmen der Disziplin, die Sie sich auferlegen, sehr viel freier sind. Sollte man den Begriff »Freiheit« nicht anders definieren: das, was man bewußt *gewählt hat?*

Ja, vielleicht kann man seine Träume von Freiheit und Clochardleben am ehesten verwirklichen, wenn man ein Höchstmaß an Ordnung erreicht.

Eigentlich komme ich öfter in Versuchung, den Traum von Freiheit zu verwirklichen: Ich möchte alles weggeben, was ich besitze; ich wäre bestimmt nicht unglücklicher, wenn ich mich ohne einen Sou in der Tasche auf der Place Saint-François herumtreiben würde. Aber meinen Kindern gegenüber habe ich natürlich kein Recht dazu.

Diesen Traum haben Sie doch zum Teil verwirklicht! Wir wissen, daß Sie trotz Ihres großen Vermögens kein Kapitalist sind.

Allerdings! Ich war nie damit einverstanden, daß sich Geld durch Geld vermehrt. Ich finde es völlig richtig, daß die Leistung eines Menschen mit Geld honoriert wird, mit sehr viel Geld sogar. Es ist interessant festzustellen, daß im Rahmen einer kommunistischen Gesellschaft wie z.B. in der Sowjetunion die Schriftsteller äußerst großzügig bezahlt werden. Damit erleichtert man ihnen die tägliche Arbeit. Ich finde es vollkommen richtig, daß vielbeschäftigte Menschen in einem gewissen Wohlstand leben, daß man es ihnen in einigen Dingen leichter macht, damit sie sich in den wenigen ihnen bemessenen Mußestunden besser entspannen können. Aber daß sich Geld durch Geld vermehrt, das widert mich an: So ist die Bourgeoisie entstanden, und es ist nichts dabei herausgekommen!

Kommen wir doch zu dem literarischen Arbeitsprozeß bei Ihnen zurück.

Ich verbringe meine Zeit damit, den Kampf zwischen dem Unbewußten und der Vernunft zu bestehen, denn an meinen Beruf kann ich nur glauben, wenn er vom Unbewußten gesteuert wird. Ich darf mich also nicht kennen, um Romane zu schreiben. Wenn ich mich zu gut kennen würde, könnte ich nicht mehr schreiben. Der Vernunft muß ich die Tür gerade so weit öffnen, wie es das gesellschaftliche Leben fordert. Wenn ich mich eines Tages zu einem vernünftigen Wesen entwickle, verliere ich die Schärfe meines Unterbewußtseins.

Sie sind sicher ein ehrlicher Lügner, im Sinne eines Erfinders.

Ja und nein! Ginge ich von falschen Figuren aus, würde ich es automatisch merken. Ich glaube nicht, daß meine Figuren, wenn sie falsch wären, bis zum Ende des Romans bestehen könnten. Das hat mich eigentlich immer neugierig und zugleich besorgt gemacht: ich habe den Eindruck, daß eine Figur nicht falsch sein kann, wenn sie bis zum Ende des Romans besteht.

Aber Sie geben ja auch zu, daß es Figuren gibt, die zwangsläufig falsch sind. Sie werfen damit das Problem des Erdichteten und des Wirklichen auf.

Merkwürdig! Sie haben recht, wenn Sie diesen Punkt erwähnen. Eigentlich ist es fast komisch: Schließlich lebe ich so sehr mit meinen Figuren zusammen, als ob es sie wirklich gäbe, daß sie wirklicher sind als die Leute, die mir auf der Straße begegnen. Deshalb spreche ich von wirklichen oder falschen Figuren. Es geht mir wie einem Hersteller von Robotern, der schließlich glaubt, daß seine Geschöpfe leben. Ich sehe ein, daß ich sozusagen in einer immerwährenden Lüge, in einer Fiktion lebe. Nun, ich will versuchen, mich deutlicher auszudrücken; Sie haben mich da ein bißchen in die Enge getrieben.

SCHLIESSLICH LEBE ICH SO SEHR MIT MEINEN FIGUREN, DASS SIE WIRKLICHER SIND ALS DIE LEUTE, DIE MIR AUF DER STRASSE BEGEGNEN!

Wenn meine Figuren nicht menschlich wären, glaube ich nicht, daß ich sie bis zum Schluß durchziehen könnte. Es leuchtet mir ein, daß die Alternative richtig oder falsch nicht stichhaltig ist; ausschlaggebend ist das Adjektiv »menschlich«, und zwar durch all das, was es an Körperlichem, Psychologischem, Instinkthaftem und Gesellschaftlichem beinhaltet... Das heißt also, durch all das, was den Menschen ausmacht, sowohl von der Licht- als auch von der Schattenseite aus gesehen, sowohl vom Instinkt als auch von der Vernunft und vom Willen aus gesehen. Ich glaube: da liegen die Merkmale der maskenlosen Echtheit.

Eigentlich bin ich unfähig, Figuren zu schaffen, die größer sind als in Wirklichkeit; deshalb könnte ich nicht für das Theater schreiben, weil der Dramatiker ähnlich wie der Bildhauer in überlebensgroßen Dimensionen arbeitet, während der Romancier und der Maler ihre Figuren in Lebensgröße gestalten.

Wir sollten noch einmal auf dieses Problem von Wahrheit und Authentizität zurückkommen. Das Kriterium der Wahrheit ist der Bezug zur Anekdote. Authentizität hingegen ist mehr als das: Ihre Triebfedern sind gewisse Wünsche und Sehnsüchte.

Ich will versuchen, mich zu diesem Punkt deutlicher auszudrücken. Nehmen wir noch einmal das Beispiel von Monsieur Monde. Ist sein Wunsch, einen kleinen Vorfall zum Anlaß zu nehmen, nicht etwas, was allen Menschen gemein ist, oder zumindest etwas ziemlich Übliches? Liegt dieser Wunsch nicht vielen Menschen am Herzen, ich meine den Wunsch, sich plötzlich seiner Haut zu entledigen, um in eine andere Haut zu schlüpfen? Gibt es nicht viele Menschen, die zu irgendeinem Zeitpunkt ihres Lebens sich so fühlen, als hätten sie die Erfahrung von Monsieur Monde gemacht: Sie sind Bestandteile einer Ordnung, eines wahren Räderwerks, aber das Beste, wozu sie sich entschließen können, ist nicht etwa der Aufstand, sondern das »so tun als ob«? Man macht seine alltäglichen Gebärden weiter, wie jeden Tag, aber man glaubt nicht mehr daran. Wenn es eine genügende Anzahl von Menschen gibt, die so denken, dann kann ich behaupten, daß Monsieur Monde als Figur echt ist. Das ist wie wenn ich eine gewisse Anzahl von Verbrechen durch den Drang nach Selbstmord erkläre. Gibt es eine genügende Anzahl von Fällen, die das beweisen oder nicht? Ich glaube, kriminologisch gesehen schon!

Ja, man spricht von transferiertem Selbstmord.

Wenn ich solche Fragen stelle, so hat das einen ganz bestimmten Grund: Ich kann nur unbewußte Erfahrungen benutzen; ich kann nicht etwas verwenden, was ich womöglich nur in Büchern gelesen habe oder was ich irgendwo erfahren habe, was mein Verstand vielleicht gespeichert hat. Demzufolge weiß ich nie, ob ich etwas wirklich getan habe oder nicht. Wirklich oder nicht, authentisch oder nicht! Jedenfalls kann ich das mit meinem Verstand nicht beurteilen.

In den dreißiger Jahren hat es in diesem Zusammenhang einen kleinen Zwischenfall gegeben. Ich hatte damals bereits die ersten achtzehn Maigrets geschrieben, gewissermaßen um mein Metier zu erlernen und um meinen Lebensunterhalt zu verdienen. Ich hatte auch schon einige »Non-Maigrets« geschrieben, zum Beispiel *Der Mann, der den Zügen nachsah*: Ich fühlte mich dazu verleitet, in meinem Unbewußten bzw. im Unterbewußtsein zu stöbern und so viel wie möglich davon Gebrauch zu machen. Ich hatte den Eindruck, dies sei eine Möglichkeit, zu einer gewissen Menschenkenntnis zu gelangen. Aber da wurde mir schwindlig, und ich hatte das Gefühl: Wenn ich so weitermache, ergeht es mir wie Nietzsche oder Lautréamont. Daraufhin habe ich beschlossen, sehr vorsichtig zu sein und gewissermaßen gesteuertes Abstürzen zu praktizieren. Es gibt Mauern, die zu überspringen gefährlich ist; denken Sie nur an Gauguin, zum Beispiel!

IN DEN DREISSIGER JAHREN FÜHLTE ICH MICH DAZU VERLEITET, IN MEINEM UNBEWUSSTEN BZW. IM UNTERBEWUSSTSEIN ZU STÖBERN UND SOVIEL WIE MÖGLICH DAVON GEBRAUCH ZU MACHEN.

Ja, man spürt, daß Sie damals zwischen der von Ihrem Vater verkörperten gesellschaftlichen Ordnung und der Anarchie Ihres Onkels schwankten.

Ja, das stimmt. Vor zwei Jahren habe ich beschlossen, meine Manuskripte gleich in die Maschine zu tippen, um spontaner zu arbeiten, ohne den Filter, den die Niederschrift von Hand bewirkt. Wenn man mit der Hand schreibt, entsteht alles bedächtiger, der Rhythmus ist langsamer. Und nun habe ich nicht mehr diese Angst, die ich lange Zeit hatte, um so weniger, als ich inzwischen 65 bin!

ICH GLAUBE, DASS MEINE FIGUREN ECHT SIND.

Ihr Werk ist eine Wunschvorstellung: die der Befreiung des Clochards; zugleich aber wollen Sie den Partner nicht mit in den Abgrund stürzen; ebensowenig wie Sie den Leser mit in den Abgrund stürzen. Das soziale Gewissen ist ständig anwesend. Also ist da ein Engagement vorhanden, das sehr weit geht im Sinne der Verantwortung des Schriftstellers. Als Kind hatten Sie eine Vorstellung von der Welt, die sie enttäuscht hat und die sie zurechtzurücken versuchten. In Ihrem Werk versuchen Sie, eine neue Welt zu schaffen.

Sie sprechen genau das an, was ich eben sagen wollte. Die Lüge war das, was mich in meiner Jugend immer empört hat. Es war mir aufgefallen, daß meine Eltern, meine Onkel und Tanten alle mit einer permanenten Lüge lebten. Alles, was man uns vormachte, die Eltern, ihre Liebe zu uns Kindern, die Liebe überhaupt, die Ehrbarkeit, das alles war verlogen. Man fabrizierte Menschen wie im Bilderbuch. Ich war empört über diese Maskerade, über dieses ewige Kasperletheater. Sobald ich zu schreiben begann, war es mein Bestreben, wahre Figuren zu schaffen, d.h. diese Fassade, die ich in meiner Kindheit ständig beobachtet hatte, wegzunehmen. Sie verstehen nun, warum ich mich so für wahre oder falsche, echte oder unechte Figuren interessiere, über die wir vorhin gesprochen haben. Der Psychoanalytiker Jung kämpfte mit demselben Problem. Er hat sehr unter der Ehrbarkeit seines Vaters und seiner Umwelt gelitten. Jung ist in die Welt des Unterbewußtseins eingetaucht, und eben das konnte ich mir nicht leisten. Ich habe den Eindruck, daß er sich in späteren Jahren wieder davon befreit hat, aber er hat es nie vollkommen überwunden. In seinem Ich ist eine Irritation übriggeblieben, und er hat sich nie wieder ganz fassen können. Das sind Expeditionen, von denen man nicht unbeschadet zurückkommt.

ICH HABE MICH VIEL MIT DEM WERK VON JUNG UND FREUD BESCHÄFTIGT.

Sie haben Jung nicht persönlich gekannt?

Leider nicht. Ich habe sehr viel von Jung gelesen; er hat mich stark beeinflußt, vielleicht unbewußt, so stark zumindest wie Freud. Als ich mich in der Schweiz niederließ, nahm ich mir vor, Jung zu besuchen, um ihn persönlich kennenzulernen. Ich habe lange gezögert, ihm zu schreiben oder ihn anzurufen, denn es hätte als Unverschämtheit ausgelegt werden können, einen so berühmten Mann anzurufen. Eines Tages ging ein Reporter des Westschweizer Radios zu Jung, um eine Sendung über sein Leben und sein Werk vorzubereiten. Als er aus Küsnacht zurückkam, sagte er mir: »Wissen Sie, daß Sie einen ganz leidenschaftlichen Leser haben? – Jung! Er hat alle Ihre Bücher, und er hat mir viel darüber erzählt.« Das ermutigte mich, Kontakt mit ihm aufzunehmen; leider starb er eine Woche später, es war im Juni 1961.

ICH HATTE MICH AUF DIE SUCHE NACH
DER WAHRHEIT BEGEBEN UND MUSSTE FESTSTELLEN,
DASS DIE WAHRHEIT SEHR WEIT ENTFERNT WAR
VON DEM, WAS MAN FÜR DIE WAHRHEIT HÄLT.

Wir sprachen von Jung im Zusammenhang mit der Verantwortung des Schriftstellers gegenüber seinen Lesern. Aber Jungs Verantwortung war doch sehr beschränkt aufgrund der niedrigen Auflage seiner Werke.

Ja, schon, aber ich hatte wirklich Angst, wie Nietzsche zu enden, und als ich spürte, daß ich in ein gewisses Gebiet eindrang, bekam ich Angst, es könnte mir dasselbe passieren, und so wollte ich mich davor schützen; auf der anderen Seite wollte ich aber auch nicht weiter vordringen, und da habe ich mir vorgenommen, Schritt für Schritt vorzugehen. Ich hatte mich auf die Suche nach der Wahrheit gemacht und mußte feststellen, daß die Wahrheit sehr weit entfernt war von dem, was man für die Wahrheit hält, daß es viel furchterregender war, als ich es geglaubt hatte, und ich bekam Angst. Etwas hat mich in Jungs Autobiographie erstaunt: Irgendwann einmal traf er jenen Chinaspezialisten, der fünfzehn oder zwanzig Jahre lang in China gelebt hatte und ein echter Chinese geworden war. Als er dann nach Frankfurt zurückkam und einen Lehrstuhl für chinesische Literatur erhielt, konnte er sich nicht mehr zurechtfinden in der europäischen Kultur, er hatte eindeutig mit Europa gebrochen. Aber er war glücklich, wenn er Chinese war, nämlich wenn er seine Vorlesungen auf Chinesisch halten konnte. Zwei oder drei Jahre später traf ihn Jung wieder; er hatte den Eindruck, einem zerrütteten oder zumindest im Prozeß der Zerrüttung befindlichen Menschen zu begegnen, und er fragte ihn, warum er nicht sofort nach China zurückkehre. Sechs Monate später erfuhr man, daß dieser Sinologe nicht etwa nach China zurückgekehrt, sondern in eine psychiatrische Klinik eingeliefert worden war. Und das war eine Art Erfahrung, vor der ich Angst hatte. Oft habe ich mir bei gewissen Menschen gesagt, daß hier ein Mangel an Anpassung unweigerlich in einer Tragödie endet. Ich hatte das schreckliche Gefühl, daß ich mich in diese Menschen sehr wohl hineinversetzen konnte.

Warum sprechen Sie eigentlich immer von Jung und nie von Freud?

Bei Freud würde ich mich vielleicht wiedererkennen, und davor habe ich ein bißchen Angst – vor dem Freud der Ängste, des Unbehagens, der Ohnmachten, der Zwangsvorstellungen.

Ist es nicht der mystische Aspekt bei Jung, der Sie stärker beeindruckt?

Es gibt in der Tat bei Jung eine mystische Komponente, die mich aber überhaupt nicht reizt; auch das, was die Träume anbelangt, scheint mir etwas übertrieben. Ich bin mir nicht ganz sicher, ob seine Träume nicht in wachem Zustand erdacht sind. Sie sind so wohlstrukturiert, daß ich manchmal den Verdacht habe, daß sie hergestellt sind, oder zumindest etwas zurechtgerückt. Nein, was mich bei Jung am stärksten beeindruckt hat, ist, daß er zu Beginn seiner Tätigkeit als Psychiater in Zürich sich allmählich so sehr in seinen Patienten hineinlebte, daß er schließlich ebensoviel bei sich selbst wie beim Patienten entdeckte. Das war eine zweischneidige Erfahrung. Erst mit fünfzig fühlte sich Jung freier und begann Land zu gewinnen mit seinem Patienten und ihn mit genügender Ruhe zu betrachten. Und das stand im Widerspruch zu allem, was er bis dahin geschrieben hatte.

Sie haben doch auch Land gewonnen! Mit diesem Haus, dieser Sicherheit!

Bestimmt, aber das ist nicht gegenständlich. Wenn Sie mir weismachen wollten, dieses Haus sei aus Pappe, würde ich Ihnen sofort glauben.

Gut, aber es ist die Verwirklichung einer Wahnvorstellung. Wenn Sie sich auf den Spuren Jungs und Freuds befinden, dann stehen Sie Freud näher als Jung, und zwar durch Ihre guten Abwehrmechanismen, durch die geglückte Eingliederung in die Gesellschaft, durch eine viel bessere Kommunikationsfähigkeit. Sie haben überhaupt viel mehr Ähnlichkeit mit Freud. Bei Jung aber wollen Sie etwas sehen, was Ihrem Wunsch nach Flucht entgegenkommt.

Ja, aber beide haben alles aufs Spiel gesetzt. Ich meine, daß die Abwehrmechanismen bei Freud angeboren waren, bei mir übrigens auch.

Sind Sie sich der Universalität Ihres Werkes eigentlich bewußt? Es gibt doch Millionen Menschen auf der ganzen Welt, die sich in Ihren Figuren wiedererkennen, die sich teilweise oder ganz mit ihnen identifizieren!

Ja, ich glaube, das liegt ganz einfach daran, daß ich die Menschen so nehme, wie sie sind, mit ihrem Beruf, mit ihrer Umwelt, mit dem wirklichen Leben um sie herum. Balzac war derjenige, der damit anfing, seine Figuren im Rahmen ihrer Lebensumstände zu zeichnen. Vorher hatte eine Romanfigur keinen Beruf, sie verdiente kein Geld. Man hatte gar nicht das Recht, zur Romanfigur erhoben zu werden, wenn man kein Einkommen von mindestens 5000 Pfund hatte! Ich versuche eben auch die Reaktionen, die Leidenschaften, die Gebärden meiner Figuren zu zeigen, die sich zwangsläufig aus ihrem Milieu, aus ihren Lebensumständen ergeben.

Es ist aber interessant festzustellen, daß Sie eigentlich kein Milieu beschreiben, sondern vielmehr den Menschen innerhalb seines Milieus, oder im Verhältnis zu diesem Milieu.

Wenn ich den einzelnen Menschen nicht in sein Milieu stellen und er sich nicht entsprechend verhalten würde, dann gäbe es ihn wohl gar nicht oder er wäre unglaubwürdig.

Im Grunde ist Ihre Methode die des Arztes oder des Psychiaters. Es ist seltsam, daß wir uns in Ihren Ärztefiguren nicht erkennen, wenn Sie solche in Ihre Romane einbringen, während wir uns durchaus mit Maigret identifizieren, der auf uns wie ein Arzt wirkt, der für uns eigentlich Dr. Maigret ist. Ihre Verfahrensweise ist die der medizinischen Psychologie. Sie wollen den Menschen mit all dem, was er an Beständigkeit, Allgemeinheit und Individualität besitzt, erfassen; und indem Sie versuchen, ihn zu verstehen, gehen Sie viel weiter als alle anderen Schriftsteller, weil Sie sich in diesen Menschen einfühlen; das ist Psychotherapie!

Dem Verstand gegenüber habe ich ein schreckliches Mißtrauen; er darf sich erst im Nachhinein einschalten.

Sie wollen den Eindruck erwecken, daß Ihnen Ihr schriftstellerisches Talent völlig gleichgültig ist, als ob Sie rein mechanisch funktionieren würden, wie eine Schreibmaschine!

Ja, das stimmt auch; was mir wichtig ist, was ich für einen echten Erfolg halte, das ist, wenn ich von Menschen verstanden werde, die im Kibbuz arbeiten; das macht mir Spaß, und das hat nichts mit Auflageziffern oder mit literarischen Methoden zu tun. Ich freu mich, wenn sich Polen in Krakau oder in Warschau in meinen Büchern wiedererkennen und sogar Doktorarbeiten darüber schreiben, obwohl Polen vom Westen völlig abgeschnitten ist. Mein wirklicher Ehrgeiz ist der, die Wahrheit zu erfassen, vielleicht sogar die getarntesten Wahrheiten: Sonst könnte ich gar nicht existieren, sonst wäre alles sinnlos. Da meine Bücher weder grandiose Stilübungen noch fabelhafte psychologische Konstruktionen sind, bleibt die Annäherung an die Wahrheit meine einzige Sorge. Und das ist eben auch beim Arzt oder beim Psychiater so: Stil und Mittel spielen keine Rolle, entscheidend ist, daß er bei seinem Patienten die Wahrheit entdeckt, sonst ist seine Therapie gescheitert; und wenn sich bei Ihnen die Mißerfolge häufen, dann fühlen Sie sich bestimmt nicht wohl dabei und beginnen womöglich selbst an Depressionen zu leiden.

IHRE FIGUREN GEHEN BIS AN DIE GRENZE IHRER MÖGLICHKEITEN, WAS IM TÄGLICHEN LEBEN SELTEN ODER NIE GESCHIEHT. IHREN FIGUREN GELINGT DIE VOLLKOMMENE SELBSTVERWIRKLICHUNG.

Gewiß, aber Ihr Erfolg beruht zum Teil darauf, daß Ihre Figuren immer bis an die Grenze ihrer Möglichkeiten gehen, was im täglichen Leben selten oder nie geschieht. Das macht wahrscheinlich ihre Echtheit aus; Ihren Figuren gelingt die vollkommene Selbstverwirklichung!

Aber das gab's schon in der griechischen Tragödie.

WIR ÄRZTE, WIR ERKENNEN UNS IN DER FIGUR MAIGRETS WIEDER. SEINE METHODE IST DIE DER MEDIZINISCHEN PSYCHOLOGIE, ER WILL DEN MENSCHEN IN SEINER BESTÄNDIGKEIT ERFASSEN.

Es gibt noch eine andere Erklärung für Ihren Erfolg: die besondere Art der Beziehung zu Ihren Figuren. Durch Ihr ganzes Werk hindurch haben Sie eine bestimmte Art von menschlichen Beziehungen auf ver-

schiedenen Ebenen, innerhalb verschiedener gesellschaftlicher Gefüge beschrieben.

Wissen Sie, ich habe es Ihnen vorhin ja schon gesagt, ich bin davon ausgegangen, daß wir vom Schein leben, von falschen Vorstellungen über den Menschen. Im übrigen macht sich jede Zeit ihre Scheinbilder und falschen Vorstellungen vom Menschen. Mir haben in letzter Zeit meine Kinder sehr viel geholfen: Kinder haben immer wieder Augenblicke der Wahrheit, und diese kindliche Wahrheit ist leicht zugänglich. Sie sind im übrigen auch manchmal geziert und machen sich falsche Vorstellungen über den Menschen, weil sie sich verwundbarer fühlen, aber von Zeit zu Zeit lassen sie von ihrer Abwehrstellung ab!

ICH HATTE ANGST VOR DIESEM INTERVIEW.
ICH BEFÜRCHTETE, IHRE FRAGEN
WÜRDEN MIR HELFEN,
MICH SELBST ZU SEHR ZU VERSTEHEN;
ABER ANDERERSEITS HAT ES MICH SEHR GEREIZT.

Ja, aber Ihre Romane sind wichtig vom menschlichen Standpunkt her gesehen, aufgrund einer Beziehung, die Sie herzustellen wußten: Ihre Figuren sind nie Konfektionsware.

Der junge Simenon als Tambourmajor
bei einer Wohltätigkeitsaufführung von *Amon-Nos-Autes* (Unter uns)
im Quartier Outre-Meuse in Liège unmittelbar
vor dem Ersten Weltkrieg

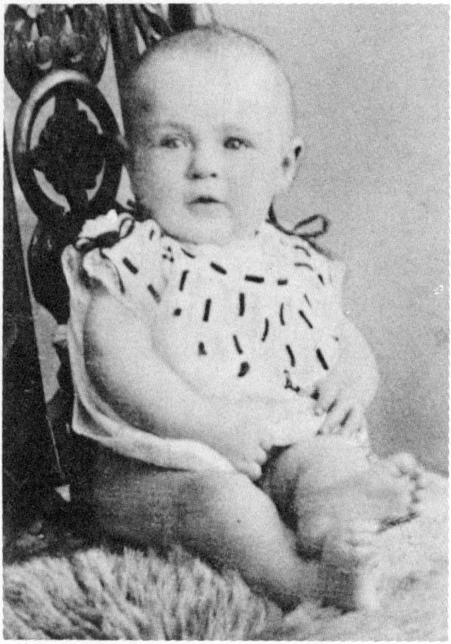

Das erste Foto von Georges Simenon,
noch nicht ein Jahr alt

Die Eltern, Désiré und Henriette Simenon-Brüll,
1912 vor ihrem Haus in der Nähe der Rue Puits-en-Sock in Liège.
Hier hängte Henriette Simenon eine kleine Tafel
aus: »Zimmer zu vermieten«. Simenon beklagt sich bitter
darüber in *Lettre à ma mère* (1974)*

* Die Jahreszahlen in Klammern beziehen sich auf das Datum
der französischen Erstausgabe

Désiré Simenon (3. 11. 1877 – 28. 11. 1921),
der »Intellektuelle« der Familie Simenon, als er bei der Garde Civique diente. Er starb in Liège hinter seinem Buchhalterpult an einem Herzinfarkt

Henriette Brüll (28.7.1880 – 8.12.1970),
als sie im Alter von siebzehn Jahren ihre Mutter verlor.
Das dreizehnte Kind aus reicher, über Nacht
verarmter Familie nimmt mit neunzehn Jahren eine
Stelle als Verkäuferin in der Innovation in Liège an

Die Rue Léopold im Zentrum von Liège um 1905, in der, ganz rechts außen, in der damaligen Nummer 26 (der heutigen Nummer 24), Simenon 1903 geboren wurde. In der Verlängerung der Rue Léopold, auf der anderen Seite des Pont des Arches, die Kirche Saint-Pholien, Schauplatz von *Le pendu de Saint-Pholien* (1931)

Das Institut Saint-André in der Rue de la Loi 44-48B in Liège. Gegenüber, in Nummer 53, verbrachte Simenon von 1908 – 1914 bei den Frères des Ecoles Chrétiennes seine Primarschulzeit

Die Kapelle des Hôpital de Bavière am Boulevard de la Constitution 66 in Liège, wo Simenon als kleiner Bub jeden Morgen bei der Frühmesse ministrierte. Hier starb Simenons Mutter 1970, und dies ist auch der Schauplatz von *Le témoignage de l'enfant de choeur* (1947). An diese Zusammenhänge erinnert Simenon in *Lettre à ma mère* (1974)

Auf der Rückseite dieses Fotos steht der handschriftliche Vermerk Simenons: »Kurz vor dem Waffenstillstand im Mai 1918. Man hatte die belgischen Familien gebeten, die von den Deutschen freigelassenen russischen Kriegsgefangenen bei sich aufzunehmen. Ich in meinem ersten Kragen mit den russischen Soldaten, die wir bei uns aufgenommen hatten.«

Der Brotschreiber G.S. in Paris, knapp zwanzig Jahre alt, kurz nach der Heirat mit seiner ersten Frau Régine Renchon, einer Malerin. Simenon schreibt seine ersten Erzählungen für ›Le Matin‹ und diverse »galante« Pariser Zeitschriften. Zwischen 1923 und 1933 werden es mehr als tausend. Simenon wird Sekretär und Reisebegleiter des Marquis de Tracy

Porträt des Autors als junger Mann in den frühen dreißiger Jahren, als er seine ersten Maigret-Romane schreibt: 28 Romane, meist Maigrets, darunter *Le charretier de la ›Providence‹*, *Un crime en Hollande* (beide 1931), *Le Relais d'Alsace* (1932) und *La nuit du carrefour* (1931), von dem Jean Renoir im selben Jahr die Filmrechte erwirbt.

1926 mit Josephine Baker in ihrem Pariser Nachtlokal.
Simenon hat bereits zwei Romane geschrieben, *Au Pont des Arches* (1921), »einen kleinen humoristischen Roman über Lütticher Sitten«, und *Le roman d'une dactylo* (1924), das Werk eines Vormittages auf einer Café-Terrasse. 1927 ist er Alleinherausgeber der Zeitschrift ›Le Merle blanc‹, 1928 kauft er sein erstes Boot, »Ginette«, und durchfährt im Sommer Frankreichs Flüsse und Kanäle: der Anfang seiner Reportagen aus Frankreich

Simenons zweites Boot, »Ostrogoth«,
auf der Orge in der Nähe von Corbeil, an
dessen Deck er seinen ersten veröffentlichten Roman,
M. Gallet, décédé (1931), sowie zwei weitere Romane
schreibt. 1929 fährt er seineaufwärts Richtung Holland,
Norwegen und Lappland und erfindet an einem
einsamen Strand bei Delfzijl (Holland) die Figur
des Maigret: *Pietr-le-Letton* (1931)

Den Sommer 1932 verbringt Simenon mit Régine auf Reisen quer durch Ägypten und Zentralafrika. Hier im damaligen Belgisch-Kongo. Simenon schreibt die erste seiner Reportagen aus aller Welt: »Peuples qui ont faim«

Simenon 1919 im Alter von sechzehneinhalb Jahren. Er ist Reporter bei der katholisch-konservativen ›Gazette de Liège‹, in der er unter dem Pseudonym Monsieur le Coq eine eigene Klatschkolumne hat, *Hors du Poulailler.* 1918 hat er wegen einer Angina pectoris des Vaters die Schule verlassen müssen. Er arbeitet zuerst als Konditorlehrling, dann in einer Buchhandlung, wo er nach sechs Wochen entlassen wird

1923 in Paris. Simenon ist Sekretär des Schriftstellers und Journalisten Binet-Valmer

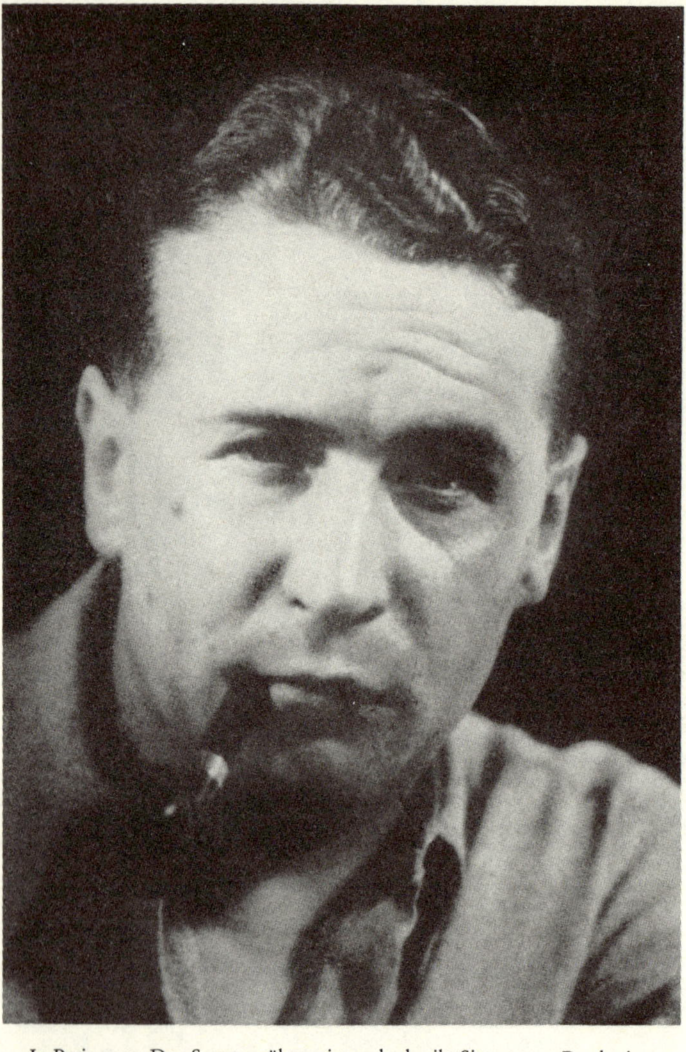

In Paris 1930. Den Sommer über reist und schreibt Simenon an Bord seines neuen Boots »Ostrogoth«. Außer *M. Gallet, décédé, Le pendu de Saint-Pholien* und *Le charretier de la ›Providence‹* schreibt Simenon *La tête d'un homme* (alle 1931)

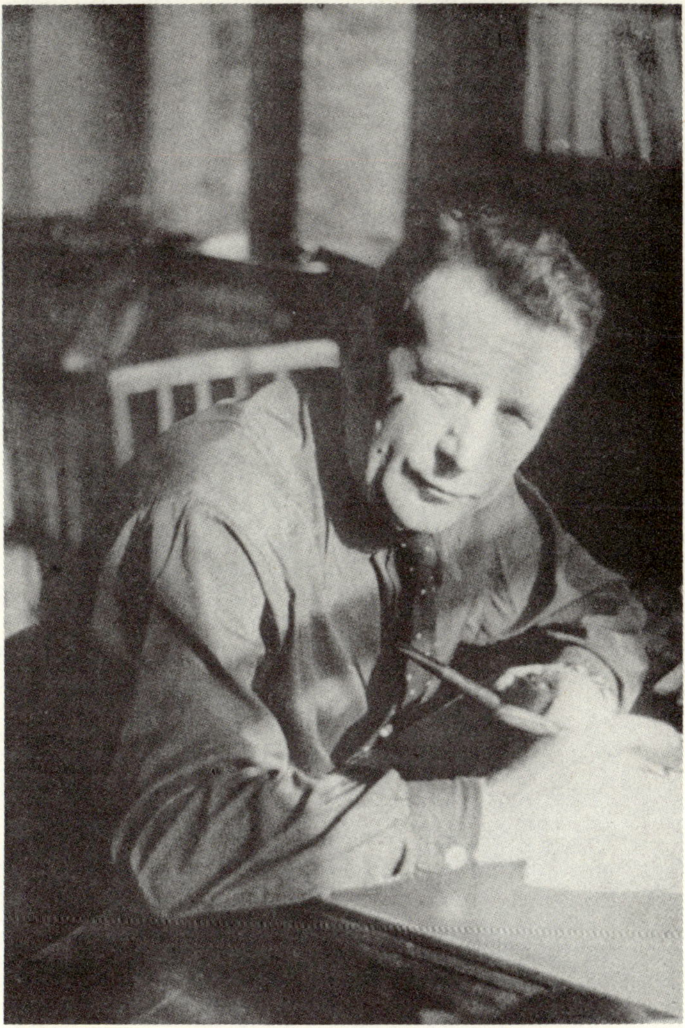

1943, im Château de Terre-Neuvas in Fontenay-le-Comte.
1942 ist hier Weltpremiere des Films zu *La maison des sept jeunes filles.* Hier entstehen sieben Romane, u. a. *Le voyager de la Toussaint* (1942), *Félicie est là* (1947), *Signé Picpus* (1944), *Le fils Cardinaud* (1944) sowie *Je me souviens* und der erste Teil von *Pedigree* (1948). 1941 hat Simenons Arzt bei ihm fälschlich eine Angina pectoris diagnostiziert: »Ich hatte damals einen zweijährigen Sohn« – den 1939 geborenen Marc –, für ihn schreibt er *Pedigree*

1945, in Kanada. In New York lernt Simenon im gleichen Jahr Denise Ouimet kennen, seine spätere zweite Frau. Direktes Abbild dieser Begegnung ist der Roman *Trois chambres à Manhattan* (1947). Aus dieser Zeit stammen auch *Maigret à New York* (1948), *Au bout du rouleau* und *Lettre à mon juge* (beide 1947)

1949 in Tucson, Arizona. Am 29. September wird Johnny, Simenons erster Sohn aus der Verbindung mit Denise Ouimet geboren. Simenon schreibt *Mon ami Maigret* (1949), *Les quatre jours du pauvre homme, Un nouveau dans la ville, Maigret chez le coroner, Maigret et la vieille dame* (alle 1950) und *L'amie de Madame Maigret* (1951)

1950 in Carmel-by-the-Sea in Kalifornien. Scheidung von Régine Renchon und Heirat in Reno, mit Denise Ouimet. 1952 wird Simenon in die belgische Académie Royale aufgenommen. In Carmel-by-the-Sea entstehen *Les volets verts* (1950), *L'enterrement de Monsieur Bouvet, Tante Jeanne, Le temps d'Anaïs, Un noël de Maigret, Les mémoires de Maigret, Maigret au Picratt's* (alle 1951)

1981 in Lausanne. Hier wohnt Simenon mit Teresa, seiner dritten Lebensgefährtin, in dem »kleinen rosa Häuschen«. Die *Mémoires intimes* sind eben erschienen, das letzte Buch, das zu seinen »Lebzeiten erscheinen wird«

Simenons schreibende Hand (als er seine Manuskripte noch von Hand schreibt). Damals schreibt er fortlaufend, seine Texte weisen nie viele Verbesserungen auf

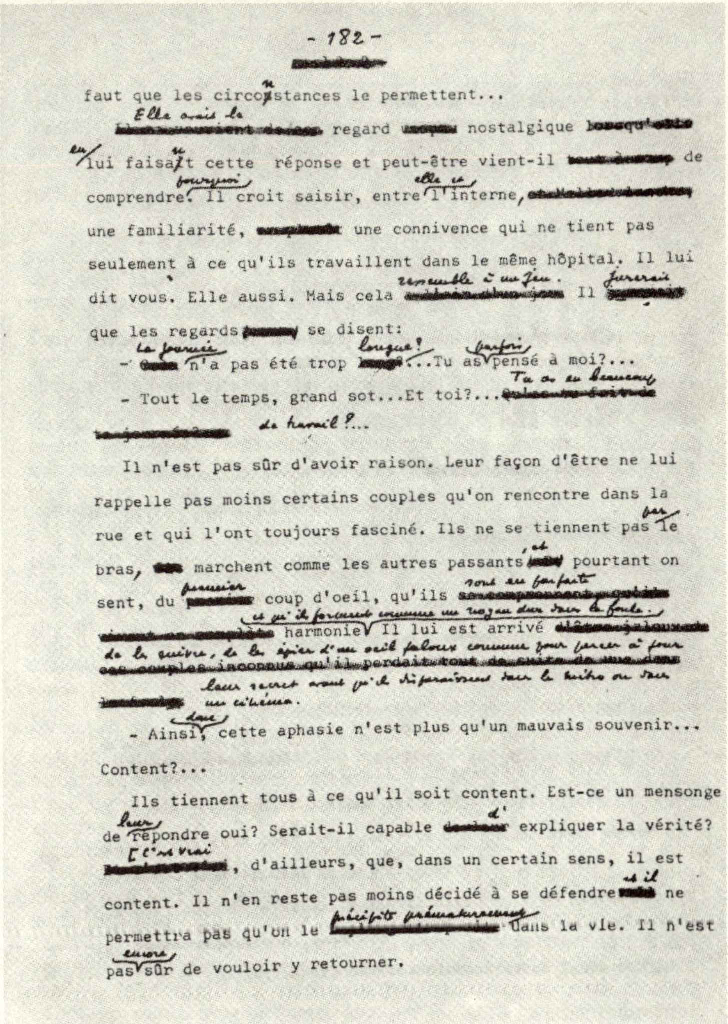
- 182 -

[redacted]

faut que les circonstances le permettent...

Elle avait le [redacted] regard [redacted] nostalgique [redacted] en lui faisant cette réponse et peut-être vient-il [redacted] de comprendre pourquoi. Il croit saisir, entre elle et l'interne, [redacted] une familiarité, [redacted] une connivence qui ne tient pas seulement à ce qu'ils travaillent dans le même hôpital. Il lui dit vous. Elle aussi. Mais cela ressemble à un jeu. [redacted] Il jurerait [redacted] que les regards [redacted] se disent:

- La journée n'a pas été trop longue!...Tu as parfois pensé à moi?...

- Tout le temps, grand sot...Et toi?... Tu as eu beaucoup de travail?... [redacted]

Il n'est pas sûr d'avoir raison. Leur façon d'être ne lui rappelle pas moins certains couples qu'on rencontre dans la rue et qui l'ont toujours fasciné. Ils ne se tiennent pas par le bras, [redacted] marchent comme les autres passants, et pourtant on sent, du premier coup d'oeil, qu'ils sont en parfaite [redacted] harmonie et qu'ils forment comme un noyau dur dans la foule. Il lui est arrivé [redacted] de les suivre, de les épier d'un oeil jaloux comme pour percer à jour leur secret avant qu'ils disparaissent dans le métro ou dans un cinéma. [redacted]

- Ainsi donc, cette aphasie n'est plus qu'un mauvais souvenir... Content?...

Ils tiennent tous à ce qu'il soit content. Est-ce un mensonge de leur répondre oui? Serait-il capable d'expliquer la vérité? C'est vrai, d'ailleurs, que, dans un certain sens, il est content. Il n'en reste pas moins décidé à se défendre et il ne permettra pas qu'on le précipite prématurément dans la vie. Il n'est pas encore sûr de vouloir y retourner.

Simenon 1954: »Vor zwei Jahren beschloß ich, meine Manuskripte direkt in die Maschine zu tippen, um näher dran zu sein und damit nicht mehr alles durch die Handschrift filtriert wird, die das Tempo empfindlich verlangsamt.«

Simenons Farm Shadow Rock in Lakeville, Connecticut, USA, wo er mit seiner zweiten Frau Denise Ouimet von 1950 – 1955 wohnte. In dieser Zeit entstehen die Romane *Les mémoires de Maigret* (1951) und *La mort de Belle* (1952)

Simenon im Garten seines Hauses in Echaudens, einem kleinen Landschlößchen aus dem 16. Jahrhundert oberhalb von Lausanne, das er von 1957, nach seiner Rückkehr aus Amerika, bis 1964 bewohnt. Hier schreibt er neun Romane, darunter *Maigret et les vieillards* (1961) und *Les anneaux de Bicêtre* (1964). Hier beginnt er auch seine Notizbücher, die 1970 unter dem Titel *Quand j'étais vieux* erschienen

Simenon vor seinem selbst entworfenen Haus in Epalinges, sieben Kilometer von Lausanne entfernt. Hier wohnt er mit Denise Ouimet von 1964 – 1972.
Am 7.2.1973 teilt er in einem Interview mit, daß er fortan keine Romane mehr schreiben und nur noch tagebuchartige Notizen ins Diktaphon sprechen werde. Das erste dieser insgesamt zwölf Dictées war *Un homme comme les autres* (1975)

Simenon vor seinem »kleinen rosa Häuschen« inmitten eines Neubauviertels in Lausanne. 1981 hat er trotz seines 1973 gefaßten Vorsatzes ein großes autobiographisches Werk geschrieben: *Mémoires intimes* (1981)

Simenons 75. Geburtstag in dem »kleinen rosa Häuschen« am 13.2.1978

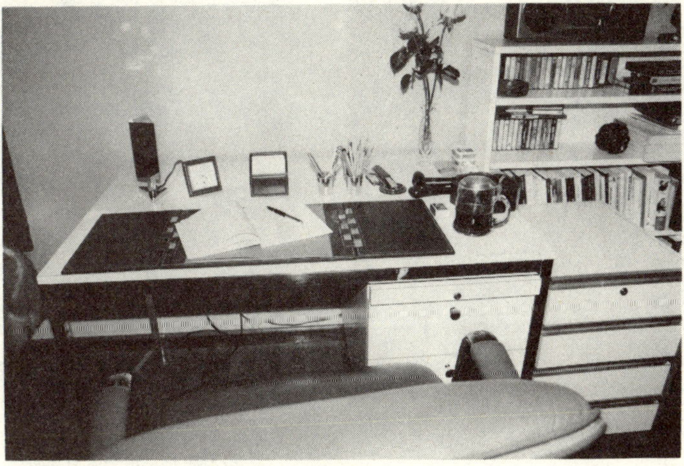

Simenons Schreibtisch, an dem er die *Mémoires intimes* diktierte

Pierre Renoir …

Jean Gabin …

Heinz Rühmann,
der deutsche Maigret

Charles Laughton,
der amerikanische Maigret

Michel Simon:
drei französische Maigrets

Gino Cervi,
der italienische Maigret

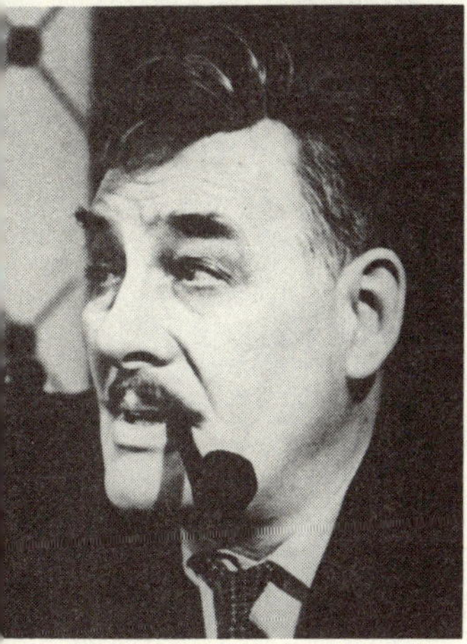

Boris Tenine,
der russische Maigret

und Kinya Aikawa,
der japanische Maigret

Maigrets Standbild des Bildhauers Pieter d'Hont in Delfzijl

Von seinem »très cher ami« Jean Cocteau gezeichnetes Bleistift-Porträt, zwei Jahre nach der Geburt seiner Tochter Marie-Georges, deren Briefe an ihren Vater Simenon in seinen *Mémoires intimes suivis du livre de Marie-Jo* (1981) herausgibt

Simenon mit Claude Chabrol, dem Regisseur von
Les Fantômes du Chapelier (1949) im Sommer 1982 in Lausanne

Georges Simenon 1960, ein Jahr nach der Geburt seines Sohnes Pierre, als Präsident des Film-Festivals von Cannes mit Federico Fellini. Zusammen mit Arthur Miller setzt er die Auszeichnung von Fellinis *La dolce vita* durch. In diesem und im darauffolgenden Jahr entstehen acht Romane, darunter *Maigret et les vieillards* (1961) *Le train* und *Maigret et les braves gens* (beide 1962)

Sie alle waren oder sind Simenon-Leser:
Adenauer, Aymé, Andersch, Josephine Baker, Böll, Chaplin,
Agatha Christie, Churchill, Cocteau, Faulkner, Fellini, Jean Gabin, Hemingway,
Patricia Highsmith, C. G. Jung, Loriot, Mao Tse Tung, Henry Miller,
Picasso, Arno Schmidt, Michel Simon, Urs Widmer…
und Sacha Guitry (im Bild)

Ich habe beschlossen, schon in diesem Jahr meine Reisen zu reduzieren und die vielen Kontakte, die mich erschöpfen, einzuschränken. Ich habe nämlich immer das Bedürfnis, hinter dem Menschen, der vor mir steht, den Menschen zu entdecken, der er in Wirklichkeit ist. Ein Arzt kann ja auch nicht mit jedem Patienten einen persönlichen Kontakt eingehen, nur um eine Diagnose zu stellen. Das würde ihn auch erschöpfen.

Sie wollen eine Beziehung herstellen, um etwas zu bewirken. Es geht Ihnen nicht darum, eine Beziehung zu schaffen um der Neugierde willen; Sie wollen etwas daraus machen.

Ja, das möchte ich gern.

IN MEDIZINISCHEN ZEITSCHRIFTEN WAR ICH
AUF DER SUCHE NACH JENEM
WISSENSCHAFTLICHEN ASPEKT,
DER DIE PSYCHOLOGIE DES KRIMINELLEN
VERSTÄNDLICHER MACHEN KÖNNTE.

Maigret tut das immer.

Maigret, ja, aber mir gelingt es nicht, ich muß einen Roman schreiben. Das ist übrigens erstaunlich: Je älter ich werde, desto mehr erschöpfen mich menschliche Kontakte. Ich habe schon ein paar tausend Interviews gegeben, aber keines hat mich so beeindruckt wie das heutige, aus dem eine wahre Diskussion wurde. Heute morgen, bevor Sie kamen, hatte ich fürchterliches Lampenfieber, und beinahe hätte ich ein Beruhigungsmittel geschluckt, wie wenn ich einen Roman anfange.

Warum hatten Sie Angst? Sie wußten doch, daß wir als Freunde und Bewunderer kommen!

Ja schon, aber durch Ihre Fragen helfen Sie mir zu sehr, mich selbst zu verstehen. Das ist sehr merkwürdig: Einerseits habe ich Angst davor, mich zu verstehen, aber andererseits reizt es mich doch sehr. Wären Sie Psychoanalytiker, so hätte ich mal einen Termin mit Ihnen ausgemacht, und diesen Termin hätte ich dann von Monat zu Monat verschoben, weil ich mich davor gefürchtet hätte.

Das liegt nicht nur daran, daß Sie Angst davor haben, sondern daran, daß Ihr Unbewußtes Ihre Schaffenskraft nährt.

Ja, Sie haben recht. Ich will Ihnen eine Geschichte erzählen, worüber die Journalisten sehr viel Unsinn geschrieben haben. Wären Sie vor drei oder vier Jahren zu mir gekommen, Sie hätten in meinem Arbeitszimmer sehr viel medizinische Zeitschriften entdeckt, gerade auch ›Médecine et Hygiène‹. Das hatte mit meinen Romanen überhaupt nichts zu tun, es war nur ein Hobby, das mir keineswegs dazu diente, meine Figuren zu schaffen. Ich interessiere mich auch leidenschaftlich für Fragen der Kriminologie, und als ich letztes Jahr über die Entdeckung eines zusätzlichen Chromosoms bei gewissen Kriminellen las, war ich fasziniert. Das bestätigte übrigens meine Auffassung: Seit dreißig Jahren kämpfe ich für diesen berüchtigten Artikel 64, in dem es darum geht, festzustellen, ob ein Mensch tatsächlich verantwortlich ist oder nicht. Den sachverständigen Psychiater bei Gericht danach zu fragen, ob der Kriminelle verantwortlich sei oder nicht, war bisher vollkommen sinnlos. Aber nun, nachdem man mit diesem zusätzlichen Chromosom einen konkreten Anhaltspunkt gefunden hat, wird sich bei der Rechtssprechung etwas ändern. Natürlich suchte ich nach solchen Entdeckungen, wenn ich medizinische Journale las; ansonsten spielte diese Art von Lektüre keinerlei Rolle in meinem Werk. Aber als eines Tages ein Mitglied meiner Familie schwer erkrankte und ins Krankenhaus mußte, habe ich diese ganzen Zeitschriften weggeworfen und meine Abonnements gekündigt; seitdem habe ich kein einziges medizinisches Buch mehr aufgeschlagen. Ich wollte nicht in Versuchung kommen, etwa selbst eine Diagnose aufzustellen. Allerdings lese ich immer noch ›The Medical Letter‹, weil diese Zeitschrift Digestinformation bietet und ich sie in ein paar Minuten lesen kann.

Es ist interessant festzustellen, wie sehr sich Ihre Verfahrensweise auf konkrete biologische Fakten stützt. Sie stehen darin Freud näher als Jung.

Sie haben ein paarmal Nietzsche zitiert. Ist das nicht ein Alibi? Denn bei Nietzsche handelte es sich nicht um einen Schicksalsschlag, sondern um eine organische Krankheit.

Ich weiß, aber wenn man sich die Lebenskurve solcher Leute anschaut, neigt man immer dazu, sie zu vereinfachen und zu behaupten, daß gewisse Bereiche automatisch zur selben Kurve führen. Selbstverständlich hatte bei Van Gogh der Irrsinn nichts mit seinem Genie zu tun; ebensowenig bei Gauguin. Ich habe auf Tahiti viele Augenzeugenberichte über Gauguins Ende gehört, das muß entsetzlich gewesen sein. Er ist genauso gestorben, wie ich mir mit fünfzehn Jahren vorstellte, eines Tages zu enden. Gauguin ist für mich der Inbegriff des Clochards. Sobald ein Schiff auf Tahiti anlegte, ging er zum Hafen, um ein paar Flaschen Alkohol oder ein paar Konserven zu erbetteln. Aus Jux schrieb er von Hand ein kleines Tagebuch und versuchte, es den Schiffspassagieren anzudrehen; das war schon fast Gaunerei. Sein Ende war grauenvoll; als ich vor etwa dreißig Jahren nach Tahiti fuhr, hörte ich mir einige Zeugenaussagen an. So hätte ich, glaube ich, auch enden können. Anstatt dessen sehen Sie den bürgerlichen Wohlstand hier!

DER ALKOHOL HAT IN MEINEM LEBEN KEINE ROLLE GESPIELT.

Hat der Alkohol in Ihrem Leben eine Rolle gespielt? Seit wir heute bei Ihnen sind haben wir die besten Weine und einen köstlichen Champagner getrunken, und Sie haben sich mit Wasser begnügt.

Ich will Ihnen ein Geständnis machen. Bis ich in die USA ging – ich war damals 39 – trank ich, wie viele Maler und Schriftsteller, ziemlich viel, ich dachte sogar, es sei mir unentbehrlich. Wenn ich morgens um sechs aufstand und mich vor meine Schreibmaschine setzte, stand eine Flasche Bordeaux auf dem Tisch, und im Laufe des Tages trank ich so an die zwei, drei Flaschen, während ich meinen Roman zu Papier brachte. Ich war nie betrunken, ich fühlte mich sehr wohl dabei.

Als ich nach Amerika kam, bemerkte ich, daß man schief angesehen wurde, wenn man bei einem Empfang ein Gläschen weniger trank als die andern. Die Anzahl der Gläschen: sechs oder sieben Whiskies innerhalb von zwei Stunden! Da ich das ein bißchen viel fand, habe ich Freunde gefragt, warum man eigentlich gewissen Leuten gar nichts zu trinken anbot und man überhaupt nicht insistierte, um ihnen einzuschenken. Man antwortete mir, das sei ganz einfach, die seien auf dem Waggon! Und was ist das, der Waggon? Der Wasserwaggon natürlich, das ist eine Metapher. Man wird gar nicht gefragt, ob man religiöse, gesundheitliche, weltanschauliche oder andere Gründe hat, man bekommt ohne weiteres Coca-Cola. Ich fand es daher praktisch, bei solchen Veranstaltungen zu sagen, ich sei ebenfalls auf dem Waggon. Und so habe ich mich daran gewöhnt, nichts mehr zu trinken, weder bei anderen Leuten noch zu Hause. Ab und zu wurde das dann trotzdem nachgeholt, aber in Wirklichkeit kann ich keine vier Glas Wein mehr vertragen; das trübt gewissermaßen die Klarheit meiner Gedanken. Wenn ich mich mal gehen lasse und mit Freunden ein paar Glas Wein trinke, habe ich zwar am folgenden Tag keinen Kater, aber ich fühle mich sehr gedemütigt, ich schäme mich, weil ich irgendwelche Geschichten mit großer Selbstsicherheit erzählt habe; das gibt mir die Kraft, mich regelmäßig auf den Waggon zu schwingen!

Außerdem muß ich sehr vorsichtig sein: Ich habe nämlich festgestellt, daß es einen physiologischen Grund gibt, der rechtfertigen würde, Alkohol zu trinken. Ich leide sehr unter Blähungen, die im Zusammenhang mit Schwindelgefühlen auftreten; ein paar Gläschen Alkohol stoppen oder zumindest verringern diese Blähungen. Da sie aber am folgenden Morgen viel stärker auftreten, muß ich das Quantum Alkohol verdoppeln, und schon beginnt der Teufelskreis. Sie sehen also, daß ich mich einer gewissen Disziplin unterwerfen muß, und eigentlich fühle ich mich auf die Art und Weise frei.

Die Freiheit, sich einer gewissen Disziplin zu unterwerfen? Wenn Sie in den Glocken von Bicêtre *diesen Menschen beschreiben, dem seine Krankheit und sein Arzt eine strenge Disziplin aufzwingen, so findet er seine Freiheit doch gerade im Rahmen dieser Disziplin! Die Freiheit wird zum Beruhigungsmittel für seine Angstzustände.*

Sie haben da übrigens einen Beweis in der Geschichte mit den Blähungen, die ausschließlich psychologische Auslöser haben, davon bin ich überzeugt; das geht vierzehn Tage oder drei Wochen, bevor ich einen Roman anfange, los. Mit anderen Worten, gerade dann, wenn ich noch nicht auf festem Boden stehe, wenn ich mir einrede, daß dieses Buch mißlingen wird, daß es keinen Grund gibt, daß jenes Wunder, das sich schon 190mal ereignet hat, sich noch einmal wiederholt. Sobald ich dann mit dem Roman beginne, sobald ich mich an die Schreibmaschine setze, verschwinden die Blähungen. Die allerersten Vorbereitungen sind verbunden mit einem Gefühl des Unbehagens; ich bin völlig niedergeschlagen, und erst zwei oder drei Tage später bin ich so weit, daß ich begreife, langsam etwas erfasse, mich vorwärtstaste. Dann kommen die Schwindelgefühle, die Verdauungsschwierigkeiten, die möglicherweise schon drei oder vier Wochen, nachdem ich den Roman beendet habe, erneut auftreten.

Wie kommt es, daß Sie bei jedem neuen Roman Lampenfieber haben, als sei es der erste?

Wenn ich wüßte, wie meine Romane beschaffen sind, wenn ich ein Konzept entwerfen, meine Romane anhand eines methodischen Fadens entwickeln würde, hätte ich keine Angst. Ich weiß aber nicht, ob womöglich die zweite Zeile der dritten Seite zum Kernsatz des ganzen Romans wird. Meine Romane entstehen also, ich will nicht sagen unbewußt, aber zumindest in einem Zustand der geistigen Abwesenheit. Ich glaube, so geht es auch dem Psychiater, der mit einem neuen Fall konfrontiert wird: Es gibt niemals zwei gleiche Patienten; jedesmal muß das Abenteuer neu beginnen. Jedesmal muß ich aufs neue in die Haut meiner Figur schlüpfen.

Sie haben recht, unsere medizinische Erfahrung ist uns keine große Hilfe, und bei jedem pathologischen Fall, bei jedem Patienten müssen wir etwas Neues beginnen, das vielleicht einmalig ist. Das ist der Punkt, wo sich unsere Verfahrensweisen treffen, Monsieur Simenon.

Ich schlüpfe also in die Haut einer Figur, die ich nicht kenne, die ich erst im Laufe meiner Arbeit am Roman kennenlerne. Die Frage, die sich mir stellt, ist nicht, ob ich meinen Roman schreiben kann, sondern ob ich die Beziehung zu meiner Figur herstellen kann!

WIE KOMMT ES, DASS SIE BEI DEN VORARBEITEN ZU JEDEM NEUEN ROMAN LAMPENFIEBER HABEN? DIE VORBEREITUNGEN DER »GLOCKEN VON BICÊTRE«.

Die Glocken von Bicêtre *haben die Neugierde der Ärzte erweckt: Sie haben da ein Buch geschrieben, als ob Sie selbst Arzt oder Patient wären, obwohl Sie weder das eine noch das andere jemals waren.*

Das ist eine komische Geschichte. Unlängst schrieb mir ein Arzt und fragte mich, wieso ich eigentlich die Journalisten immer anlüge und behaupte, ich sei noch nie in einem Krankenhaus gewesen.

Dreimal war ich insgesamt im Krankenhaus. Einmal in einer Privatklinik in Lausanne für eine Blinddarmoperation; drei Tage bin ich in dieser Klinik geblieben und habe nichts als die vier Wände meines Zimmers gesehen. Zur Vorbereitung der *Glocken von Bicêtre* bin ich – ich gebe es zu – ins Krankenhaus von Bicêtre gegangen, und zwar eine Stunde lang, zum größten Entsetzen der Oberschwester, die sagte: »Aber warten Sie doch einen Augenblick, Monsieur Simenon, der Chef kommt gleich.« Ich erklärte ihr, ich hätte keine Zeit, und da machte sie mir den Vorschlag, doch zumindest mit dem Bereitschaftsarzt zu reden. Ich lehnte ab: »Nein, Mademoiselle, ich habe nur ein paar Fragen, und die können Sie ebensogut beantworten. Zunächst möchte ich wissen, ob es hier noch eine Kapelle gibt, deren Glockengeläut man im Gebäude hören kann.« – »Nein, die ist seit ein paar Jahren außer Betrieb.« – »Aha, das ist ärgerlich, aber sagen Sie mir, ob man in einem gewissen Zimmer im ersten Stock Glokken hören kann!« Sie antwortete, man könne die Glocken einer in der Nähe gelegenen Kirche hören. Dann habe ich sie noch gefragt, um wieviel Uhr die Mülltonnen heruntergetragen und wo sie hingestellt werden. Sie war sehr verblüfft, aber sie gab mir die gewünschte Antwort. Dann wollte ich noch wissen, um wieviel Uhr die Krankenschwestern den Dienst antreten, wann die Tagesschwester und wann die Nachtschwester; und was sie zuerst tun, wenn sie kommen, und wo sie essen. Sie zeigte mir den kleinen Raum, wo die Krankenschwestern essen, und er befand sich genau im richtigen Abstand zu dem Zimmer, in welches ich meinen Patienten legen wollte. Schließlich fragte ich noch, ob es in diesem Krankenhaus auch Privatzimmer gebe. – »Ja, zwei, aber das eine wird nicht mehr benutzt, und das andere wird manchmal vom Professor belegt, wenn er einen Patienten isolieren will.« Das war ein sehr wichtiger Hinweis für mich. Hinterher habe ich nachgeschaut, wo sich das Zimmer befindet, und ob man von diesem Privatzimmer aus die vorbeidefilierenden Patienten sehen kann, wenn sie aus den Gemeinschaftsräumen kommen. Das war's; damit hatte ich alle Informationen, die ich brauchte, und ich bedankte mich bei der Oberschwester. Ich mußte einfach Bescheid wissen über die Geräusche und das Hin und Her, die der Bettlägerige von seinem Zimmer aus hören und sehen konnte.

DIE PRÄSENZ DER SINNESEINDRÜCKE, IN VERBINDUNG MIT PRÄZISEN KINDHEITSERINNERUNGEN.

Die Sinneswahrnehmungen – Riechen, Tasten, Schmecken, Hören – spielen in Ihrem Werk offensichtlich eine sehr große Rolle. Es fragt sich warum, durch welche Eingebung Sie sich der Bedeutung des menschlichen Körpers in der modernen Medizin bewußt wurden, obwohl Sie die Medizin eigentlich nicht kennen. In Ihren Romanen werden ganz besonders die Gerüche analysiert. Gibt es bei Ihnen Kindheitserinnerungen, die mit Gerüchen verbunden sind?

Selbstverständlich! Sie dürfen nicht vergessen, daß mein Geburtshaus sehr klein war. In solchen Häusern befindet sich die Küche am Ende der Diele im Parterre, und rechts sind Eßzimmer und Wohnzimmer, und letzteres betritt man nur einmal im Jahr. Die Schlafzimmer sind oben. Die ersten Sinneswahrnehmungen des Tages sind also zunächst der Geruch des brennenden Petroleums, denn um das Kohlenfeuer anzuzünden, verwendet man Holz, das mit Petroleum begossen wird. Dieser Geruch steigt sofort durch das Treppenhaus hoch, danach riecht man Kohle und Holz, und später den Frühstückskaffee. Wenn man dann zufällig im Bett bleibt, etwa weil man Grippe hat, dann riecht man anschließend die Suppe, die schon um acht Uhr früh aufgesetzt wird. Diese ganzen Gerüche folgen einander, sie zeigen den Tagesablauf an, ebenso wie die Glocken von Bicêtre die Stunden des Tages anzeigen. Bevor die Zentralheizung und der elektrische Kochherd erfunden wurden, spielten die Gerüche eine viel wichtigere Rolle als heutzutage. Es gab ja auch keine Dampfabzüge über den Herden. Aber wissen Sie, heute noch, wenn Sie etwa in Paris in gewisse Wohnhäuser gehen und die Treppe statt den Aufzug benutzen, stellen Sie fest, daß jede Etage ihren eigenen Geruch hat. Hier riecht es nach Knoblauch oder nach Ragout, dort nach Säugling. Man riecht, daß da viele Kinder wohnen, man riecht die mehr oder weniger sauberen Windeln. Das Leben eben!

EINE INSTINKTIVE ART, DAS LEBEN UND DIE MENSCHEN ZU ERFASSEN.

Das ist eine instinktive Art, die Menschen und das Leben zu erfassen, und so bringen Sie wiederum die ganze Menschheit unter einen Hut.

Ja, das stimmt; im Haus meines Freundes und seiner Schwester, von dem wir vorhin sprachen, gab es einen ganz bestimmten Geruch: Es war der Geruch der gebügelten Wäsche in den Schränken. Heute noch öffne ich zuweilen bei mir zu Hause die Schränke, um diese Berge von gebügelter Wäsche zu betrachten. Für mich ist das eine Erinnerung, die das Ideal des friedlichen, ich möchte fast sagen üppigen Lebens im bürgerlichen Sinne verkörpert.

Aber Ihr Haus sieht so aseptisch aus; es ist völlig geruchlos.

Ja, ja, das sagen mir alle Leute, die hierher kommen. Bedenken Sie aber, daß dieses Haus von einem praktischen Standpunkt aus konzipiert wurde, damit jedermann darin unabhängig sein kann. Ich kann weiterarbeiten, selbst wenn das Haus vom Lärm der Kinder und ihrer Freunde, der Hausangestellten und der Sekretärinnen widerhallt.

Können wir jetzt noch einmal auf das Thema der Glocken von Bicêtre *zu sprechen kommen? Es handelt sich um die Krankheit eines Mannes in einem gewissen Alter, und diese Krankheit bewirkt eine Veränderung seiner persönlichen Wertskala. Was wichtig war, als er gesund war, erscheint ihm nun viel weniger wichtig.*

Ja, Sie haben schon recht, aber ich wußte das gar nicht, als ich anfing, den Roman zu schreiben. Was Sie da sagen, das hat sich so ergeben, hinterher. Ich kann Ihnen genau sagen, was anfangs war. Es gab zunächst einen bedeutenden, vitalen, aktiven Mann, dessen Vergangenheit ich zu dem Zeitpunkt nicht kannte. Nun mußte ich diesen Mann aber plötzlich hilflos sehen, der Umwelt ausgeliefert; er sollte weder allein essen noch trinken können, er sollte vollkommen abhängig sein. Dieser Mann, der zur Pariser High Society gehörte, einen eigenen Stadtpalais besaß und die besten Restaurants besuchte, liegt nun im Krankenhaus – ich habe sogar gezögert, ihn in einen Saal dritter Klasse zu legen. Ich wollte wissen, wie dieser Mann nun die andern Menschen sieht, wie er, durch seine halbseitige Lähmung beinahe in den Zustand einer Mumie versetzt, alles aufnimmt, was um ihn herum geschieht. Das ist eigentlich alles, davon bin ich ausgegangen. Alles andere ist nach und nach hinzugekommen.

Woher kam aber die ausgefallene Idee zu diesem Roman? Sie waren natürlich selbst nie gelähmt, Sie hatten nicht einmal eine Gesichtslähmung: Wie kam diese Idee zustande?

Der Ausgangspunkt dieses Romans, die Keimzelle sozusagen, das war eine Beobachtung auf der Straße. Manchmal begegnet man auf der Straße einem älteren Menschen; an der Gangart, am Blick, wie er einem die Hand hinhält, zum Beispiel, erkenne ich, daß dieser

Mensch todkrank ist, daß er im nächsten Augenblick vielleicht einen Anfall haben wird. Jedesmal, wenn ich an solchen Leuten vorbeigehe, frage ich mich, was sie von mir denken, was sie von dem Umriß halten, den ich für sie abgebe. Ich empfinde das immer als sehr pathetisch.

Das ist wohl der echte Ursprung der *Glocken von Bicêtre*.

MIT DER KRANKHEIT ÄNDERT SICH DER WERTMASSSTAB.

Angesichts des Todes wird also alles in Frage gestellt, insbesondere das Wertsystem?

Natürlich. Die Beziehung zur Umwelt, die Beziehung des Menschen zu sich selbst ändert sich. Es ist doch klar, daß alles, was die Figur dieses Romans denkt, sich wandelt in Anbetracht der Tatsache, daß sie womöglich gelähmt bleibt, also als Krüppel weiterexistieren muß. Ich habe mir übrigens einen Fall ausgedacht, der im allgemeinen nicht allzulange dauert.

Warum haben Sie das Thema der halbseitigen Lähmung gewählt? Warum nicht das Thema des Herzinfarkts, zum Beispiel?

Die Lähmung lieferte mir die Möglichkeit, die motorische Aphasie einzubauen, wodurch die Kommunikation zur Außenwelt unterbrochen wird.

FÜR MICH IST MAIGRET EIN FLICKSCHUSTER FÜR KAPUTTE SCHICKSALE.

Ja, aber da ist noch etwas anderes in diesem Roman. Sie haben die Beziehungen zwischen dem Arzt und dem Patienten so wunderbar beschrieben, und vor allem haben Sie die Bedeutung der Geistesverfassung des Patienten im Zusammenhang mit der Heilung einer organischen Krankheit erkannt.

Da gibt es eine lustige Geschichte, aber Sie dürfen das nicht zu ernst nehmen. Mit vierzehn Jahren habe ich gewissermaßen die Psychoanalyse erfunden, ohne je von Freud gehört zu haben – er war zu diesem Zeitpunkt auch noch nicht ins Französische übersetzt. Meine Idee war folgende: Ich erinnere Sie daran, daß ich sowohl auf der Seite meines Vaters als auch meiner Mutter eine sehr zahlreiche Verwandtschaft hatte; es gab also viele Tanten, viele Onkel, viele Vettern, viele Kusinen. Ich konnte die verschiedensten Schicksale beobachten, die im Aufstieg und die im Niedergang begriffenen; das war ein ziemlich umfangreicher Mikrokosmos. In den Gassen des Viertels kannte sich jeder, man wußte über alle Krankheiten und kleinen Miseren Bescheid. Da dachte ich mir immer: Warum gibt es nicht einen Arzt, der zugleich Körper und Geist behandelt, mit anderen Worten, einen Arzt, der das Individuum kennt, sein Alter, seine Physis, seine Fähigkeiten, der entscheiden und diesem Menschen sagen kann, er sollte sich für das eine oder für das andere entscheiden. Es war schon fast eine psychosomatische Behandlungsmethode, die mir da vorschwebte. Das war 1917, und in diesem Sinne habe ich die Figur Maigrets geschaffen. Denn das ist genau Maigrets Methode, und deshalb mußte ich ihn ein paar Semester Medizin studieren lassen, denn etwas von einem Arzt mußte er schon haben. Für mich ist Maigret ein Flickschuster für kaputte Schicksale; so wie es diese Typen gibt, die auf der Straße Stühle oder altes Geschirr reparieren. Das war's, was ich mit vierzehn Jahren im Kopf hatte. Ich war der Meinung, daß der Beruf des Arztes in der damals bestehenden Form unvollständig sei, daß der Arzt nicht all das tue, was er eigentlich tun könnte. Das Schicksal der einzelnen Patienten hätte er ausbessern müssen. Für mich war der Arzt wichtiger als der Beichtvater; wegen der Dogmen war der Beichtvater statt heilbringend eher gefährlich: Wenn man nämlich die Menschen nach einem Dogma beurteilt, kann man ihnen nicht wirklich helfen.

Ja, wir haben den Eindruck, daß Maigret nie verurteilt.

Deshalb wollte ich nicht, daß es auf der einen Seite einen Arzt und auf der andern einen Beichtvater gibt. Meiner Meinung nach sollte der Arzt zugleich auch Beichtvater sein.

Und das ist es, was Sie in dem Brief an meinen Richter *ausgedrückt haben?*

Ja, eben diesen Konflikt zwischen Beichtvater, Arzt und Richter.

Als Arzt wendet man sich an den Richter, und an den Richter wendet man sich wie an einen Beichtvater, damit er einen wie einen Arzt behandelt.

Im übrigen zeigen Sie in den Glocken von Bicêtre, *wie Krankheit zum Verlust der Freiheit führt, aber auf der andern Seite erwirbt der Kranke eine Art höhere Freiheit.*

Ja, ich glaube, daß Krankheit sehr heilsam sein kann. Ich war nicht sehr oft krank. 1944 hatte ich eine ziemlich langwierige Lungenentzündung. Das war für mich eine Möglichkeit, Selbstbesinnung zu üben, da hatte ich Zeit, den ganzen Balzac, den ganzen Zola, den ganzen Proust zu lesen.

Das ist so ähnlich wie mit dem Glück. Unlängst fragte mich ein Journalist, ob ich glücklich sei. Ich habe ihm geantwortet, daß es diese Frage nicht gibt, weil sie nicht gegenständlich ist. In Wirklichkeit glaube ich, daß der Anteil Unruhe, Glück und Angst bei jedem Menschen, wenn man ihm auf den Grund geht, etwa gleich ist. Aber man wird mir erwidern: Es gibt Kranke, solche, die einfach Pechvögel sind. Da antworte ich, daß der Kranke mehr Freude an den Geranien auf seiner Fensterbank hat als ich, der ich gesund bin. Das heißt also, daß die Summe des Unglücks und der Freude meines Erachtens gleichmäßig verteilt ist. Erfolg bedeutet nicht Glück, es ist eher eine Gefahr. Ich bin immer wieder gefragt worden, ob es denn nicht toll sei, Erfolg zu haben; darauf habe ich geantwortet, daß ich noch keinen Erfolg hatte, zumindest nicht mir selbst gegenüber, in den Dingen, die ich mir zum Ziel gesetzt habe. Anstatt Freude und Befriedigung bringt der Erfolg nur noch mehr Unruhe, denn das gesteckte Ziel verschwindet mit dem Erfolg, und man hat das Gefühl einer großen Leere. Das Entscheidende, das Anregende, das Begeisternde ist nicht, ein Ziel zu erreichen, sondern nach einem Ziel zu streben. Ich sage immer: Ich hoffe, daß ich mein Ziel nicht allzu schnell erreiche, denn das wäre für mich wie eine Pensionierung, das würde mein Ende bedeuten!

Man hat manchmal den Eindruck, daß Sie mehrere Leben gelebt haben, Monsieur Simenon, und daß Sie gerade die Amerikaner sehr bewundern, die unbeschwert ihren Beruf wechseln, während das bei uns nicht gern gesehen wird, als ob das mit Unstetigkeit und Leichtsinn zu tun hätte.

Ja, das ist richtig. Ich habe mehrere Leben in einem gelebt, wenn Sie so wollen. Ich habe ein Kapitänspatent für die Küstenschiffahrt gemacht, ich war Seemann und kann Ihnen ein Schiff steuern, wohin Sie wollen, ich kann spleißen und ich kann den Schiffsort bestimmen. Später hatte ich einen Bauernhof: Ich habe 150 Kühe versorgt, 500 Enten im Jahr verkauft, und ich habe gelernt, mit der Sense umzugehen; ich weiß, was das heißt: Ein Jahr habe ich dazu gebraucht! Es gibt kaum Leute, die nicht auf dem Land aufgewachsen sind und trotzdem mähen können. Ich kann auch melken. Nur eines kann ich nicht besonders gut: Ackerfurchen ziehen; meine Furchen sind nie sehr gerade; das habe ich nicht geschafft, die Arbeit mit dem Pflug. Aber wenn Sie wollen, kann ich morgen einen Hof übernehmen. Auch Pferde habe ich gezüchtet; ich hatte immer fünf oder sechs Pferde im Stall. Ich reite natürlich auch, ich habe bei der Kavallerie gedient. Außerdem habe ich Wölfe und Mangusten gezüchtet...

Was macht man mit Wölfen?

Gar nichts. Wölfe züchtet man zum Spaß!

Ich habe mich in allen Berufen versucht, so wie ich auch jede Art von Sport getrieben habe. Aber ich habe alles schlecht gemacht, weil man nicht alles gründlich machen kann.

ERFOLG BEDEUTET NICHT GLÜCK, SONDERN EHER EINE GEFAHR!

Lassen Sie uns noch einmal über das Problem des Erfolgs und dessen Gefahren sprechen. Wir sind davon überzeugt, daß es Ihnen gelungen ist, durch Ihre Bücher sehr vielen Menschen zu helfen: Sie haben ihnen keine fertige Lösung für ihre Probleme angeboten, aber Sie haben ihnen gezeigt, wie sie diese Probleme in Angriff nehmen können, um sie zu verstehen und um dadurch wiederum ihre Mitmenschen besser zu verstehen. Für uns, die wir Sie als Dr. Maigret betrachten, ist Ihr Werk ein großer psychotherapeutischer Erfolg. Sie haben anderen Menschen geholfen, ihr eigenes Dasein und sogar ihre Mitmenschen zu ertragen.

Auf Ihren letzten Satz möchte ich eingehen. Das einzige, womit ein Künstler, ein Schriftsteller dem Zuschauer oder dem Leser helfen kann, ist folgendes: Jeder Mensch hat seine Licht- und seine Schattenseiten, derer er sich mehr oder weniger schämt, denen er zu entkommen versucht, oder die er stärker verdrängen möchte. Damit lebt er mehr oder weniger in Frieden, es bedrückt ihn mehr oder weniger bewußt. Wenn er aber eine Figur entdeckt, die mit ihm Ähnlichkeit hat, bei der dieselben Symptome in Erscheinung treten, die dieselben Schamgefühle mit sich herumträgt, dieselben inneren Kämpfe führt, dann sagt er sich: ich bin also doch nicht allein, ich bin kein Monstrum. Und das kann ihm helfen. Ich will den Leuten zeigen, daß die kleine Tragödie, die sich in ihnen abspielt und um deretwillen sie sich schämen, worüber sie mit keinem zu reden wagen, nicht nur ihre eigene ist, sondern daß viele Menschen dieselben Qualen leiden. Ich will ihnen zeigen, daß sie liebenswerte Menschen sind, die einen beneidenswerten Platz im Leben einnehmen können.

MAIGRET: EIN PSYCHOTHERAPEUTISCHER ERFOLG!

Sie helfen ihnen. Sie beruhigen sie und weisen ihnen zusätzlich noch einen Weg, nämlich im Laufe des Lebens mehrmals Bilanz zu ziehen; sie sind nicht mehr einsam.

Das was ihnen monströs erschien und was sie verdrängten, das machen Sie ihnen erträglich. Sie übernehmen eindeutig die Funktion des Psychotherapeuten.

Ich glaube, daß alle diejenigen, die ersticken, die diesen Konflikt in sich selbst austragen wollen, gefährdeter sind als andere und irgendwann beim Psychiater landen, weil die Gefahr besteht, daß ihre Art zu sein und zu verstehen dadurch verändert wird. Das was der Mensch am wenigsten ertragen kann, ist, glaube ich, den Respekt vor sich selbst zu verlieren; und das Schlimmste, was man einem Menschen antun kann, ist ihn zu demütigen. Lieber einen Menschen töten als ihn demütigen.

Was meinen Sie mit demütigen?

Ihn ablehnen, ihn ausstoßen, ihm das Gefühl nehmen, daß er zu einer Gemeinschaft gehört, daß er wie die andern ist. Wie der Geisteskranke, der Aussätzige, der Pestkranke.

MAIGRET MACHT ES DEM VERBRECHER MÖGLICH, IN DIE GEMEINSCHAFT ZURÜCKZUKEHREN.

Grund unserer Bewunderung für Maigret ist eben die Tatsache, daß er es dem Verbrecher möglich macht, in die menschliche Gemeinschaft wieder aufgenommen zu werden, indem er ihm hilft, den Respekt vor sich selbst wiederzugewinnen. Maigret, der als Vertreter der Polizei die Gesellschaft verkörpert, kann sich mit dem Kriminellen identifizieren, ihn verstehen, ihn mögen.

Das stimmt: Maigret wird von der Gesellschaft bezahlt, um den Verbrecher, den er nie verurteilt, festzunehmen. Ich habe immer noch ausgezeichnete Beziehungen zur Kriminalpolizei in Paris; viele Kommissare erzählen mir ihre Geschichten. Wissen Sie, daß ein Verbrecher nach langen Stunden des Verhörs sich nicht gedemütigt, sondern befreit fühlt, wenn er endlich gesteht? Das ist, als hätte man ihm einen Zahn gezogen: Er fühlt sich erleichtert und bedankt sich beim Kommissar. Daraus entstehen Bindungen zwischen dem Polizeibeamten und dem Schuldigen. Als es noch die Guillotine gab, baten ein Drittel der Verurteilten den Kommissar, der Hinrichtung beizuwohnen. Und diese Bindung, die zwischen den beiden entstanden ist, das ist für den Verbrecher die Freiheit. Wenn sie einem Patienten die Last einer Wahnvorstellung abnehmen, entsteht auch so etwas wie dieses Gefühl der Befreiung, der Dankbarkeit, davon bin ich überzeugt; es ist ähnlich in der Beziehung, die man zu seinem Vater hat.

Diese Psychologie müßte von den Kriminalisten begriffen werden.

Wenn sie sie begreifen würden, gäbe es keine Gerichte mehr. Ich glaube sowieso, daß es in dreißig Jahren keine Gerichte mehr geben wird. Diese Entwicklung ist schon im Gange. Heute kann ein Untersuchungsrichter bereits die Personalakte des Angeklagten anlegen; sie besteht aus folgenden Teilen: 1. den Berichten eines Allgemeinpraktikers, dem der Angeklagte so oft wie gewünscht vorgeführt werden kann; 2. dem Bericht eines Psychiaters; 3. dem Bericht einer Sozialfürsorgerin; 4. dem Bericht eines Psychologen.

Diese Einrichtung existiert in Frankreich erst seit drei Jahren. Sie beweist, daß die Richter an ihrer Fähigkeit, einen Menschen zu beurteilen, zu zweifeln beginnen. Früher beurteilte man ein Verbrechen; für jede Art von Verbrechen gab es ein bestimmtes Strafmaß: Todesstrafe, lebenslängliche Haft, zwanzig Jahre Gefängnis, usw. Daraus ergab sich eine Art Spiel zwischen Staatsanwalt, Anwälten und den Geschworenen. Deshalb ließ man manchmal eine Frage mit Ja beantworten, wo es eindeutig hätte Nein heißen müssen. Heute beweist diese Personalakte, die von Nicht-Juristen angelegt wird, von Spezialisten der Persönlichkeitsforschung, daß man das Verbrechen individualisiert hat: Man beurteilt die Persönlichkeit des Kriminellen.

Ja, aber die Justiz hat immerhin eine Funktion zu erfüllen. Der Kriminelle muß verstehen, daß die Gesellschaft ihm sein Verbrechen in Rechnung stellt. Das hat mit Verantwortung nichts zu tun. Hat dieser *Mensch dieses Verbrechen begangen? Diese Frage muß mit Ja oder Nein beantwortet werden. Es geht nicht darum, ein Urteil abzugeben, sondern beweiskräftig behaupten zu können: Er hat das Verbrechen begangen. Danach erst stellt sich die Frage, was nun mit dem Verbrecher geschieht und inwieweit er für seine Tat verantwortlich ist.*

Gut, aber um zu entscheiden, was mit dem Verbrecher geschieht, soll man nicht mehr die Geschworenen um ihre Meinung bitten, den Metzgergesellen, den Papierwarenhändler, den Rentner. Fortschrittliche Länder wie zum Beispiel Kanada bereiten eine umfassende Reform ihres Justizsystems vor.

In einigen Jahren werden nicht mehr die Richter und die Geschworenen über das Schicksal des Verbrechers entscheiden, sondern Ausschüsse, die sich aus Ärzten, Psychiatern und Psychologen zusammensetzen.

Es wird das geschehen, was sich jeder Ihrer Maigret-Leser eigentlich wünscht: Daß schließlich Maigret derjenige sein wird, der entscheidet.

Sie dürfen nicht außer Acht lassen, daß das Verbrechen lange Zeit in verschiedenen Gesellschaftssystemen geduldet, manchmal sogar von ihr organisiert wurde. Wenn man nicht tötete, wurde man als Feigling angesehen. Der Lebensmittelhändler um die Ecke lernt, auf Befehl zu töten, wenn eine Mobilmachung ausgerufen wird. Wenn er wieder nach Hause darf, verlangt man von ihm, daß er in seinen Laden zurückkehrt. Er hat doch das Gelernte inzwischen nicht vergessen! Warum hat denn die Kriminalität so stark zugenommen? Niemand kann oder will es sagen. Nach dem Algerienkrieg hat sie zugenommen! Seit dem Koreakrieg! Man hat statistisch erfaßt, was aus den ehemaligen Koreakämpfern in den Vereinigten Staaten geworden ist. Die Grausamkeit hat es in jedem Zeitalter gegeben, die Verbrecher wurden vor den Augen der Bevölkerung gevierteilt. Sehen Sie, der Mensch ist das grausamste Tier der Schöpfung, weil er bewußt handelt; er tut es absichtlich, nicht weil er muß. Wenn ein Einzelner durch eine seltsame Zusammensetzung seiner Chromosomen nur nach seinen Instinkten lebt, heißt es, er sei ein Monstrum; und damit bin ich keineswegs einverstanden; die Wissenschaft allein wird ein annehmbares Urteil fällen können. Es gibt zum Beispiel amerikanische Psychiater, die das Phänomen der individuellen und der Massengewalt untersuchen.

Haben Sie den Film ›Bonnie and Clyde‹ *gesehen?*

Nein.

Sie werden da eine seltsame Mischung von Gewalt und Poesie, fast Reinheit entdecken. Es ist doch erstaunlich, daß der erste Preis, der diesem Film zugesprochen wurde, von der ›Centrale Catholique‹ verliehen wurde, wobei man doch eigentlich annehmen müßte, daß sie diesen Film verbieten würde. Das Verbrechen ist eigentlich der Schritt zur Tat. Dieser Schritt zur Tat ist das, wovon Sie sich immer fernhalten wollten. Sie haben die Freiheit in Ihrer Phantasie konstruiert, und haben sich dabei aber immer zurückgehalten. Sie wollen Anarchist sein, ohne zur Tat zu schreiten, nicht ein Mensch werden, um den sich Maigret eines Tages wird kümmern müssen!

Mein Leben lang hatte ich einen physischen Ekel vor der Gewalt; es ist mir unangenehm, mir einen Boxkampf am Fernsehen ansehen zu müssen, obwohl ich diesen Sport selbst ein wenig praktiziert habe. Ich hasse die Grausamkeit. Ich kann auch keinen Stierkampf sehen.

In Ihren Romanen gibt es nie Gewaltszenen; das Verbrechen ist schon vollbracht, die Leiche ist schon da!

Ja, das stimmt, und das hat seine guten Gründe. Was ist ein Verbrecher? Nehmen wir einen Mann, er ist 45 Jahre alt. Heute, am Sonntag, ist er noch ein Mensch wie jeder andere, ein Mitglied der Gesellschaft. Fünf Minuten später begeht dieser selbe Mann aus irgendeinem Grund, einem nichtigen Anlaß, ein Verbrechen. Von diesem Augenblick an gehört er nicht mehr zur menschlichen Gemeinschaft, er wird zum Monstrum. Bis zu seinem 45. Lebensjahr hat er innerhalb der Gesellschaft gelebt, und fünf Minuten später betrachtet man ihn mit Abscheu; er paßt nicht mehr in die Gesellschaft. Ich weiß nicht, ob Sie schon Prozessen beim Schwurgericht beigewohnt haben, aber die Einsamkeit dieses Menschen, der zwischen zwei Polizeibeamten steht, ist beeindruckend; er weiß, daß ihn keiner mehr versteht. Niemand spricht mehr dieselbe Sprache wie er.

Das ist der Punkt, wo die Rolle des Sachverständigen sehr fragwürdig wird, denn der Arzt schafft sofort eine Beziehung zum Patienten, den er untersuchen muß. Im Augenblick der Untersuchung hilft man ihm, man tut ihm Gutes, man wird sein Arzt. Dann kommt der Widerspruch. Denn vor dem Richter muß die Verantwortung des Kriminellen betont werden, es wird eine juristische Sprache gesprochen. Der Kriminelle fragt sich dann, warum der Arzt sich im Büro des Untersuchungsrichters so sehr verändert hat.

In dieser Beziehung hat Maigret einen Vorteil: Er braucht den Kriminellen nur zu verstehen, er verurteilt ihn nicht, er wird ihn nicht »reinlegen«!

Ich weiß, daß ich da ein bißchen gemogelt habe, daß Maigret sein Spiel nicht zu Ende spielt. Insbesondere war Maigret nie Zeuge in einer Sache, die er eingeleitet hatte. Da habe ich ihn zum Schwurgericht vorgeladen, damit er wenigstens einmal sieht, was da läuft; aber ich habe sofort gemerkt, daß er das haßt.

Ja, Sie haben Maigret vor dem Schwurgericht *geschrieben: Da merkt man am besten, daß Maigret der Psychiater, der Psychotherapeut und der Arzt seines Klienten ist. Da läßt er uns spüren, wie fragwürdig die Rolle ist, die die Justiz den medizinischen Sachverständigen spielen läßt.*

Der Angeklagte ist überrascht, er fragt sich, warum der Sachverständige innerhalb von vierundzwanzig Stunden seine Meinung geändert hat; er fühlt sich verraten.

DEN MEDIZINISCHEN SACHVERSTÄNDIGEN BEI GERICHT IST ES MIT SIMENONS HILFE GELUNGEN, DIE FIGUR DES KRIMINELLEN ZU ENTMYSTIFIZIEREN.

Ja, aber einer von uns, ein medizinischer Sachverständiger bei Gericht, hatte ein interessantes Erlebnis. Vor einiger Zeit bekam ein wegen Mordes an seiner Ehefrau zu zwanzig Jahren verurteilter Krimineller einen Straferlaß aufgrund seines musterhaften Verhaltens bei Zwischenfällen in der Strafanstalt, in der er inhaftiert war. Er wurde freigelassen, und er hat uns besucht. Wir fanden ihn befreit, ruhiger, reifer, während er uns zum Zeitpunkt des Mordes ziemlich infantil erschien. Dieser Mann kann ein neues Leben beginnen.

Seine Beziehung zum Arzt ist aufrechterhalten geblieben, und sein erster Wunsch, als er die Strafanstalt verließ, war, ihn aufzusuchen und ihm mitzuteilen: Herr Doktor, ich bin geheilt!

Wenn wir Ärzte die Möglichkeit haben, zu einer solchen Art von Beziehung mit den Kriminellen zu gelangen, so haben wir das Ihnen zu verdanken, Monsieur Simenon, und das ist unendlich viel. Sie haben uns gezeigt, was im Kopf eines Kriminellen vorgeht, und deshalb ist es uns gelungen, die Figur des Kriminellen zu entmystifizieren. Viel besser als jedes Lehrbuch für Psychiatrie, als jede persönliche Erfahrung, hat uns die Beziehung Maigret-Patient gezeigt, daß sie übertragbar ist auf die Beziehung Arzt-Patient, und das berechtigt uns zu sagen, daß die Figur des Arztes in Ihrem Werk Maigret ist.

Anhang

Lebensdaten

1903 13. Februar, geboren in Lüttich als Sohn des 25jährigen Désiré Simenon, Buchhalter bei einer Versicherung, und der 22jährigen Henriette Brüll.

1909 Eintritt in das Institut Saint-André; 1914 ins Collège Saint-Louis. Simenon will schreiben und Priester werden. 1915 Wechsel ins Collège Saint-Servais. Die Lehrer stellen Simenon die Themen der literarischen Arbeiten frei.

1918 Wegen einer Angina pectoris des Vaters verläßt Simenon die Schule. Er arbeitet zuerst als Konditorlehrling, dann in einer Buchhandlung, wo er nach sechs Wochen entlassen wird; er hat dem Lehrherrn Widerworte gegeben.

1919 Reporter bei der ›Gazette de Liège‹; Veröffentlichung erster Erzählungen.

1920 *Au Pont des Arches*, der erste Roman (erscheint 1921): »ein kleiner humoristischer Roman über die Lütticher Sitten«.

1921 Einberufung zum Militär. Tod des Vaters.

1922 Ankunft in Paris. Simenon wird Sekretär des Schriftstellers und Journalisten Binet-Valmer.

1923 Heirat mit Régine Renchon, einer Malerin. Erste Erzählungen für ›Le Matin‹ und diverse »galante« Pariser Zeitschriften. Zwischen 1923 und 1933 werden es mehr als tausend. Simenon wird Sekretär und Reisebegleiter des Marquis de Tracy.

1924 Trennung von de Tracy. Simenon beginnt serienweise – zwischen 1925 und 1934 mehr als 180 – Groschenromane zu schreiben. *Le roman d'une dactylo* ist das Werk eines Vormittags auf einer Café-Terrasse.

1927 Alleinherausgeber und Redakteur der Zeitschrift ›Le Merle blanc‹. Der Eigentümer, Eugène Merle, schlägt Simenon vor, für 50 000 F in einem Glaskasten auf der Terrasse des Moulin Rouge einen Roman in aller Öffentlichkeit zu schreiben. Die Zuschauer sollen ihm die Namen der Personen und den Titel sagen. Das Experiment kommt nicht zustande, weil Merle vorher Konkurs macht.

1928 Simenon kauft sein erstes Boot, »Ginette«, und durchfährt während des Sommers Frankreichs Flüsse und Kanäle. Der Reisebericht erscheint in einer Sondernummer von ›Vu‹.

1929 Das zweite Boot, die »Ostrogoth«, wird gebaut. Reisen nach

Holland, Norwegen, Lappland. Im September schreibt Simenon den ersten Maigret *(Pietr-le-Letton)* unter eigenem Namen. Reise auf der »Ostrogoth« nach Wilhelmshaven. Gegen Ende des Jahres Absprache mit Fayard über eine Serie von Maigret-Romanen.

1930–32 Simenon reist und schreibt auf der »Ostrogoth«; Entstehung von rund 28 Romanen, meist Maigrets. 1931 erwirbt Jean Renoir die Filmrechte an *La nuit du carrefour*. Verkauf der »Ostrogoth«. 1932 Reise nach Afrika; Reportage »Peuples qui ont faim«.

1933 Im Sommer Europareise; die Reportage »Europe 33« erscheint in ›Voilà‹. Im Juni Begegnung mit Leo Trotzki in Prinkipo. Die Aufzeichnung des Gesprächs erscheint im ›Paris-Soir‹, 16.–17. Juni 1933. Fünf Romane entstehen. Im Oktober Vertrag mit Gallimard.

1934 Vier Romane. Eine Reportage über die Affäre Stavisky erscheint im ›Paris-Soir‹, Mittelmeerreise. Der Bericht erscheint in ›Marianne‹ unter dem Titel »Mare Nostrum«. Im Herbst bezieht Simenon das Château de la Cour-Dieu nahe bei Orléans.

1935 Weltreise: New York, Panama, Kolumbien, Galapagos-Inseln etc. Während eines zweimonatigen Aufenthalts auf Tahiti schreibt Simenon den Roman *Ceux de la soif*.

1935–38 Bei ständigem Ortswechsel entstehen in diesen Jahren mehr als zwanzig Romane. Am 31. Dezember 1938 erhält Simenon den ersten Brief von André Gide.

1939–40 Zehn Romane. 1939 wird der Sohn Marc geboren. 1940, nach Kriegsausbruch, organisiert Simenon eine Flüchtlingshilfe. Zum Jahresende diagnostiziert ein Röntgenologe fälschlich eine Angina pectoris und gibt Simenon noch höchstens drei Jahre zu leben.

1941–44 Mehr als zehn Romane entstehen, darunter die autobiographischen *Je me souviens* und *Pedigree*.

1945 Vier Romane. Aufbruch in die USA. In New York lernt Simenon Denise Quimet kennen, seine zweite Frau.

1946 Sechs Romane. Reisen kreuz und quer durch Amerika und Kanada. Die Reportage »L'Amérique en voiture« erscheint im November im ›France-Soir‹.

1947–49 Sechzehn Romane. Am 29. September 1949 Geburt des Sohnes Johnny.

1950–52 Sechzehn Romane. 1950 Scheidung und Wiederverheiratung in Reno. 1952 wird Simenon in die belgische Académie Royale aufgenommen.

1953–55 Sechzehn Romane. Geburt der Tochter Marie-Georges. Umzug nach Frankreich. Simenon läßt sich für zwei Jahre nahe bei Cannes nieder.

1956–57 Neun Romane. Umzug nach Echandens bei Lausanne.

1958–60 Elf Romane. Vortrag in Brüssel anläßlich der Weltausstellung. 1959 Geburt des Sohnes Pierre. 1960 wird Simenon Präsident des Festivals zu Cannes. Zusammen mit Henry Miller setzt er die Auszeichnung von Federico Fellinis *La dolce Vita* durch.

1961–64 Vierzehn Romane. 1964 Umzug in das selbst entworfene Haus in Epalinges, sieben Kilometer von Lausanne.

1965–66 Sieben Romane. Am 3. September 1966 wird in Delfzijl eine Maigret-Statue von Pieter d'Hought enthüllt; hier war der erste Maigret *Pietr-le-Letton* entstanden.

1967–70 Vierzehn Romane. Die *Œuvres Complètes* beginnen bei den Editions Rencontre, Lausanne, zu erscheinen.

1971–72 Mehr als fünf Romane. Am 19. September 1972 entschließt sich Simenon, sein Haus in Epalinges – sein 29. insgesamt! – zu verkaufen, in ein Appartement zu ziehen und nicht mehr zu schreiben.

seit 1973 Simenon beginnt, tagebuchartige Notizen ins Diktaphon zu sprechen, die seither unter den Titeln *Lettre à ma mère* (1974), *Un homme comme un autre* (1975), *Des traces de pas* (1975), *Les petits hommes* (1976), *Vent du nord, vent du sud* (1976), *Un banc au soleil* (1977), *De la cave au grenier* (1977), *Une vie comme neuve* (1977), *A l'abri de notre arbre* (1977), *Vacances obligatoires* (1978), *Tant que je suis vivant* (1978), *La main dans la main* (1978), *Je suis resté un enfant de chœur* (1979), *A quoi bon jurer?* (1979), *Au-delà de ma porte-fenêtre* (1979), *Le prix d'un homme* (1980), *Les libertés qu'il nous reste* (1980), *On dit que j'ai soixante-quinze ans* (1980), *Quand vient le froid* (1980), *Jour et nuit* (1981), *Destinées* (1981), *La femme endormie* (1981), bei Presses de la Cité erschienen sind. Heute lebt er in einem kleinen rosa Häuschen inmitten eines Neubauviertels in Lausanne.

1981 Trotz seines 1972 gefaßten Vorsatzes hat er ein großes autobiographisches Werk geschrieben: *Mémoires intimes*.

Bibliographie

1. Pseudonym erschienene Werke
2. Werke von Georges Simenon
3. Reportagen
4. Vorworte
5. Autobiographische Schriften
6. Texte über eigene Werke
7. Essays, Artikel, Interviews
8. Übersetzungen
9. Auswahlbibliographie von Werken und Aufsätzen über Georges Simenon
10. Deutschsprachige Arbeiten über Georges Simenon

1. Pseudonym erschienene Werke

Zwischen 1921 und 1934 (auch noch später, um vertragliche Pflichten zu erfüllen) hat Georges Simenon Geschichten, Erzählungen, Groschenromane und Reportagen unter zahlreichen Pseudonymen veröffentlicht: Germain d'Antibes, Aramis, Bobette, Christian Brulls, Georges Caraman, Jacques Dersonne, Jean Dorsage, Luc Dorsan, Jean Dossage, Jean du Perry, Jean Perry, Georges-Martin Georges, Gom Gut, Georges d'Isly, Kim, Miquette, Maurice Pertuis, Plick et Plock, Poum et Zette, Jean Sandor, Georges Sim, Gaston Vialis, G. Violis.

a) Geschichten und Erzählungen

1919

In ›La Gazette de Liège‹:
Une idée de génie – Les conséquences d'un coup de ciseau – La première gifle – Le langage des cravates.

1920

Ebenda: Neun Erzählungen.

1922

In ›La Revue Sincère‹ (Brüssel):
Le compotier tiède (15. Dezember)

1923

Ebenda:
Engourdissement (15. Juni)
In ›Le Matin‹:
La petite idole – Un coup de feu.
In ›Sans-Gêne‹:
Théodore et la danseuse – Trouillet et la Nourrice – La femme au divan – Les expériences du Docteur Pinoche – La méprise du jeune Bidoche.
In ›Frou-Frou‹:
Le corset de Madame Godruchon – Deux hommes en pyjama – L'admiratrice inconnue – Un professionnel – L'amant ingénu – La sauterelle – La lugubre aventure – La nuit d'amour d'Antonin – Le portrait d'Anna – La tentation du Docteur Antoine – L'ascenseur d'Amour – L'aventure du troufion amoureux – Le timbre d'un sou – La jolie bouffarde d'amour – La fenêtre ingénue – Un virtuose – Fillocheau et le Godruchon – Le mari, la cantharide et l'électricien.

1924

In ›Le Matin‹:
Un homme sur la voie – L'étape – Le grisou – Le saxophone – Mélie – Dédé – L'ivrogne – Convalescence – Tuer – Les Lacroix – Le Timbre – Les Roues – Jeannot – L'avaleur d'aiguilles – Un couple passa – Le chant du soir – L'accident – Méprise.
In ›Sans-Gêne‹:
Tom Gut aux folies amoureuses – Un tempérament qui se révèle – La rencontre de Monsieur Mouche – La tirelire – Le gibier rare – L'impossible réplique – La tournée en Amérique – Les honoraires de Delphine – Les satyres des Galeries Mistouflettes – Un estomac délicat – La vengeance de Madame Pousset – Entresol à louer – On demande une dactylo – Le dentiste – Le feu de cheminée – Un fichu pari – Un maître-chanteur – Le cerf – Le pantalon de la concierge.
In ›L'Humour‹:
Un ami qui a du tact – Le Silène – Une sentimentale – Déductions – Boî-

tes à sardines – Le bon bougre – Histoire américaine – Approximations – Troublantes réminiscences – Une bonne fortune – La nuit blanche de Bidouillard – Un sportif – Un ménage olympique – Impudence – L'enterrement – La pénitente – La petite femme nue – En détail – Et de trois – Le souffleur ésotérique – Un Monsieur cocu – Réclame payée – La cornemuse – La balle – Dilemme – Corrida – Soulagement – Le Phonographe d'amour – La Pommade – Une grue – Indignation – Histoire de Poils – L'amour oublié.

In ›Paris-Flirt‹:

Pêche à la ligne – Frusques et Frasques – Un cœur sensible – Olympiades – En vitesse – Une erreur – Menus emprunts – La cure – Encore un bout de pellicule – Le gigolo – Photos galantes – L'air de la mer – Une femme potelée – L'agrafe – Une femme dévouée – Dinard – La garçonnière – Croquis de vacances – Bouffe les eaux – Deauville – Une vengeance – La dent – Un voyeur – Une voyageuse – Dans la forêt – Robinson – La chambre N° 8 – Un homéopathe – Triples croches et soupirs – Le billet de faveur – Frénésie – Une histoire banale – Le contrôleur – Un grand machin – Fichue sensation – Un maniaque – Flagrant délit – Le placard N° 9 – Le petit chien – L'occasion – Pantalons ouverts – La chaîne.

In ›Gens qui rient‹:

L'assurance – Le bibelot érotique – L'illusion perdue – Le petit chapeau – *Les bibelots d'amour* (Japonaiseries – Les coussins du divan – La chemise pantalon – Ma jarretière-montre – La liseuse) – Comment elles aiment (12 Geschichten).

In ›Paris-Soir‹:

Un monsieur antipathique – La barque de pêche – Le vieux monsieur – Trouillard le perspicace.

In ›Le Merle Blanc‹:

Une mission délicate – Le beau régiment tondu.

In ›L'Almanach de L'Humour‹:

Le phonographe d'amour – La pommade

In ›Miousic‹:

Les histoires de la déshabilleuse.

In ›Frou-Frou‹:

Les bretelles élastiques – L'aventure de Truc – Deux couples enlacés – Biquet et la dame veuve – Un homme d'affaires – La chemise illusion – Adolphe Motte gentil-homme cambrioleur – Nids de passereaux nids d'amour – Murmures et soupirs – Un véritable amour – La dompteuse passionée – Une heure sur une barrique – La culotte de jersey – Petit bout d'ambre – Un tour de cochon – Candeur – Papouillard et le 14 juillet – La nymphe arrangeante – No bananas – Le Kama Soutra – Le piano d'amour – Savoir vivre – Les vaches à sonnettes – Histoire d'une chemise

– Les conseils du vieux suiveur – Une ingénue – La pétaude – 23 *bis* rue Richepanse – L'averse – Une garçonne – Une bonne maison – Le taureau – Des amants qui abusent – J'veux rester nue – Sous le nez du mari – Délit en mer – Les transes de Monsieur Pouille – Un sauvetage en mer – A l'abri dans l'hôtel – Un coin de rue – Un sensible – Confidences d'une Olympiquée – La chicane galante – Fables express – Leurs rêves d'été – L'oreille à la porte – L'Ile des Cœurs – Un lâcheur – Le viol – Cyrille – La maison des turpitudes – Le Glady's bar – Un malchanceux – Je vous avoue – L'amoureuse infortune – Méthodes américaines – Autos d'amour – Une bonne place – Natures mortes – Fraîcheur – Les clientes du petit bar – Rubans – Hésitations – La puce à tout prix – Oculi – Denise et ses sœurs – L'Ile des singes – Les trois rois – Les souhaits de Monsieur Tahin.

In ›Le Sourire‹:

L'hôte inattendu – Une âme champêtre – Poisson d'avril – Double décime – L'athlète au vasistas – Miquette au Grand Prix – Un banquier merveilleux – Le trou de la serrure.

1925

In ›Le Matin‹:

Les larmes – La lettre – Retour – La porte No 9 – M'ame Casaquin – La Preuve – Monsieur Frogeot, caissier – Joë – Le Père Manillon – Le Silence – La Peur du sang – Faits divers – La valise – L'ombre sur le rideau – La barque – L'agresseur – L'annonce – La cavée – Le rôdeur – La nuit atroce – Le pêcheur obstiné – Le récital.

In ›Sans-Gêne‹:

Le beau jeune homme blond – Un homme fichu – Un frère – Saturnin satyre – L'enfant du tamponnement – Un fameux lapin – L'hélicon – L'outil – Tronçon a perdu une femme nue – L'avancement d'Eugène Lamouille – Le sergent noir – Hilarion s'émancipe – La fidélité d'Annette – Le cocu scientifique – L'article 10 – La 40 HP conduite intérieure – Le bonnet de bain gris perle – Un monsieur influençable – Histoire en quatre lettres – Les débuts d'Irma – Monsieur Gustave – Au château de Chaudésir – Un sacré bureau d'affaires.

In ›L'Humour‹:

Bonne volonté – Une femme éhontée – Choses qui volent – Une sale blague – Le chantage du jeune Papotin – Le suçon d'Irma – Histoire d'un sac – Le vertigineux voyage – Les cheveux – Pour vous mesdames – Un violeur – Le drame de la mer – Une occasion exceptionnelle – Lohengrin – Empreintes digitales – L'ingénue aux Olympiades – La rafle – Le livre de médecine – Le pliant – Massage électrique – Pinaléion amoureux – Une brave petite – Grand nettoyage.

In ›Paris-Flirt‹:

De jolies nièces – Une petite main qui se cramponne – L'amant pratique – L'amour en wagon-lit – Pour vingt sous – Le raide roide – Le blé qui lève – Un chiqué historique – Le règlement – Le réveil – Moulin d'amour – L'avant-dernier – Vengeance ratée – Pelotages – Honnête homme – Une vilaine affaire – Comme Salomon – L'ordonnance – Mots d'amour – La vie parisienne – Crotte – Une bonne journée – Vous me rappelez quelque chose – Le pyjama – Histoire morale – Ernestine – Quelques opinions mesdames – La paix conjugale – Fable express – Jaloux – Permis de conduire – Un ménage – Le cambrioleur – Dialogues entendus place Pigalle – Modernes – Odette et son papa – Coup double – Naïvetés de vacances – Le bon trou – Délaissée – Sale métier – En famille – Mauvaise blague – Bien renseigné – Un passionné – Superfluités – Charmante enfant – Il faut semer – Retour de vacances – L'amant résigné – Le paquet – Fameux argument – Le ménage Babolin – Pudeurs – Croquis galant – Sous le plaid – Un maniaque – La dame du Bois de Boulogne – Une bonne blague – Parisienneries d'automne – La Chambre rentre – Une noce au fromage – Un falzar chez la Colonelle – Le dernier soir – Une tenue négligée – La fidélité de Madame Floche – Des vicieux – Banalités – La rencontre – l'aventure.

In ›Gens qui rient‹:

Fleurs et fruits d'arrière-saison – Bals musette.

In ›Eve‹:

L'inconnue.

In ›Paris-Soir‹:

Premier anniversaire (18. Januar)

In ›Paris-Plaisirs‹:

Madeleine-Bastille en douze arrêts galants – Le rouge et le noir – L'art d'être nue – Le nu déshabillé – Le nu tout nu – D'un nu à l'autre – Des tabourets du Cliquet's Bar.

In ›Le Merle Blanc‹:

Aïda – Une tête de poire – Un monsieur pointilleux – Le gigot – Le corbillard – Les cacahuètes – Le dernier mot – Un ami scrupuleux.

In ›Le Rire‹:

Planchard et son taxi – La chambre de bonne – Signe d'argent – L'homme qui voulait être cocu – La treizième chemise – Le truc de Pouillard – Monsieur Pomme cocaïnomane – Machechose exagère – Un veau – Combinaison de vacances – Une arrivée sensationelle.

In ›Le Sourire‹:

Le danseur inconnu – Les pieds sensibles – L'autobus en folie – Le placard aux amants – L'appartement des Fermato – Variante sur le drame a trois – Un virtuose – Une petite femme démonstrative.

In ›Frou-Frou‹:

C'est dans le métro – Une petite femme délicate – Méprise – La dame masquée – Chastes étreintes – Histoires immorales – Un monsieur susceptible – Des amants candides – Monsieur Tiburce marchand d'amour – L'amour au balcon – Le réveillon aux pantalons – Une simple erreur – Le carquois épuisé – Délicatesse – Modernisme – Le masque pâle – Madame triche – L'amant nature – L'anguille sous roche – Rancœur – Rebecca femme entretenue – Allô Kléber – Politesses – Un cercle bougrement vicieux – Pantomimes – Un saligaud – Cinq de l'après-midi – Piston – Un travesti suggestif – Mariage d'inclination – Yvon et Yves – Jolis cadeaux – Un homme – Conditions draconiennes – Un grand seigneur – Barbillon d'avril – De citron – Pâques jaunes – L'épouvantable aventure – Petits trucs de printemps – Polissonneries de saison – La jupe croisée – Savoir y faire – Un bon fils – La catastrophe – Caoutchouc – L'oncle Isidore – Accommodements – Lucile et Eugénie – Un monsieur vraiment tout rond – Un honnête homme – Un malhonnête homme – Un cochon de cocu – Les mœurs – Sous bois – Bobette et le photographe – La culotte rose – Question de poitrine – Tombons l'amour – Icul – Comparaisons – Pas trop n'en faut – Le mari lumineux – Partouzes et surpirses – Un très fâcheux oubli – Monsieur Bob – Le pavillon à musique – Un procès très américain – Occasion providentielle – Les vacances de Lebillard – Le bandit corse – Touche étouffait – Les bonnes amies – Moi dit l'un – Confidences d'un valet de chambre – Confidences d'une femme de chambre – Amours mondaines – Amours vénales – Initiations – Vicieuses – D'un trottoir à l'autre – Hiver, ô bel hiver – Hiver, infâme hiver – Entre portiers du ciel – Bals musette – Bals mondains – Le réveillon des Loiseau.

1926

In ›Le Matin‹:

Le Fakir – S. O. S. – Le beau roman – Le mousse – Le train de nuit – Le flacon – Les cyclamens – L'exemple – Le couple – Soupçons – Un beau joueur – Dénouement – Un brave homme – Le portrait – Le porte-bonheur – Le beau train bleu – Trichet – Le ridicule – Le chien loup – Le bahut – L'amiral – Irma – L'ours – Lettres d'amour – Le vaccin – Le solliciteur – Le colonel – Les vibrants.

In ›L'Humour‹:

Une femme à scrupules – Le phonographe – A peu près – L'occasion – Les chaussettes – Le scandale – La moustache – Flagrant délit – J'enlève ma chemise – Piédestal – Le dégoût collecteur – Une combine – La torpille – Le pot de fleurs – Coïncidences.

In ›Sans-Gêne‹:

Le nu réclame – L'amour en Egypte – Un homme sur les toits – Du danger des courants d'air – L'adultère sentimental – Un mensonge d'avant-garde – Le jeune homme de trois heures – L'amour en famille – Une pièce rare – Secrétariat particulier – L'amant à scrupules – L'amour et la volupté – Frais bocages – L'enflure – Les tarifs de la ferme – Julien – Complications – Lettres d'affaires – Un vilain monsieur – Chemise d'occasion – La bonne – Le danseur de Maman – Essayages matrimoniaux – Un cas de conscience.

In ›Paris-Flirt‹:

La gaffe – Premier flirt – Tante Léontine – L'enivrant baiser – La trace révélatrice – Le pont des soupirs – Une femme à scrupules – Le français tel qu'on le parle – Almanach de 1916 – Les treize vierges de Bouchamour – La cicatrice – Simple histoire en timbres-poste – Les bonnes vacances – On oublie toujours quelque chose – Le coup de vent qui ferme la porte – Le message ambigu – Une jeune fille.

In ›Gens qui rient‹:

Les six chutes d'une honnête femme – Avant, pendant, après – Mon kodak de vacances – Bruits d'amour – La fille du pharmacien – Aventures – Miettes d'amour – Couples en tout genre – Coins de rues – Rideaux entr'ouverts.

In ›Lectures de Quinzaine‹:

Un malade – Coïncidence – La vieille – L'ondée – La gifle.

In ›Paris-Plaisirs‹:

Concorde-Dauphine en six hôtels plus ou moins particuliers – Montparnasse en six séances de pose – Montmartre en six noces – Cuisses nues, jambes en l'air – L'héritage – Griseries et voluptés – Sans chats – Leurs bas.

In ›Le Sourire‹:

Devoirs de vacances – Un fameux viol.

In ›Frou-Frou‹:

Quelques traits de caractère – Un amour au music-hall – Nuit de noces – Pauvre Cyprien – Muflerie de poète – Sec ou à l'eau – Danses lascives – L'autre – Etreintes – Madame Pouche et les Belles-Lettres – La main articulée – Préjugés – Une vengeance compliquée – Un garçon imperturbable – Hôtels meublés – Choses entendues – Masques et accessoires – Serpentins et confetti – L'impossible étreinte – Sempiternelle histoire – Le petit trottin – Sur les grands boulevards – L'odyssée d'un homme exité – L'affaire T – Petite fête – Loufoque – La gourde – A bâtons rompus – Des tourtereaux – La cicatrice – A la lanterne – Le docteur Trucul – M. Octave – Le paravent – La femme de chose – Innocence – Madame Amélie – Une histoire d'argent – Un diable d'homme – Où passer le 1er mai? – Hokala la noire – Les satyres – Une expérience concluante – Les cochons – Une épouse délicate – La bonne à tout faire – La boniche du 3e – Vie de château – L'agent 7.260 *bis* – Vantardises – Femmes qui aiment –

L'ocarina – Toutes ces dames au choix – La rencontre – Dames de bonnes maisons – Gardez le fox – Femmes nues – L'idylle artistique – Le monsieur nu – La dame des chaussettes – Deux ménages – Suivons le guide – Une dame et des messieurs – Monsieur Chose – Les dancings – Les succès de Joë – L'objet de convoitise – Virginie – Le 14 Juillet – Humilité – Lili manucure – La bonne manière – Croquis de plages – On part, on part – Celles qu'on laisse à Paris – Les bonnes vacances – La servante d'hôtel – La maîtresse de Mascarin – L'oncle Arthur – Un amour de petit sein – Vacances parisiennes – Le cocu de mari – La dame en verdâtre – La dame en maillot – Choses entendues en vacances – Un mâle de choix – Chez l'habitant – L'initiatrice – Echange d'aménités – Alphonsine – Le maître baigneur – Yves et Nicolas – Les Pique-niques – Un voyeur – Un tempérament excessif – Dans les coins – L'ouverture – La chasseresse – L'astéroïde – Suivez le guide – Un véritable amateur – A huis clos – Choses qu'on dit en rentrant – On rentre – Souvenirs de vacances – Alice et Victor – Sa petite cousine – Les amours juives – La nouvelle bonne – Le vin nouveau – Le jeune homme intimidé – L'heure H – Une lamentable histoire – Maternité – Mathilde – Le dentiste – Le stock – No, no Harry – Le pantalon de la concierge – Les garçonnières – Sur le seuil – Les rastaquouères – Un bien beau mariage – On se déshabille – La bonne pipe – Le pot aux roses – La grosse Fafa – Dialogues entendus – Méprises – Catherine – La vraie nourrice – Ne rien perdre – La nourrice sèche – Mamuna – A matrices – Arts d'agrément – Professeurs – Une fameuse cuite – La nuit de Noël – Ce pauvre Ducouillon – Croquis de réveillon – Le jeune homme du 3e – Un sacré Noël – C'est Delphine qui invite – Le réveillon improvisé – Chez Monsieur Machin – Un sale type – Au Picratt's Bar – Choses entendues le jour de l'an – Empêchements – Vive l'an neuf – Etrennes.

1927

In ›Sans-Gêne‹:
La veuve inconsolable – Karamazov et les quatorze râles – Le ménage Lafleur – Les maîtresses de ces messieurs – Les amants d'Irma – Etre sur le journal – Le Monsieur de la chambre 3 – L'homme aux douze étreintes – Au ventre qui remue – Un sacré bastringue – La leçon d'amour dans un train – Un jeune homme qui n'a rien dans le ventre – La dame en papier de soie – Une démarche flatteuse – L'amant multicolore – Attention à Héloïse.

In ›Lectures de Quinzaine‹:
Un malheureux – Douleur.

In ›Paris-Plaisirs‹:
Au temps des grandes Duchesses – Discrétions – Bob – Le Dieu à mani-

velles – Réparation – Le Maharadjah – Pâmoisons – Mon gigolo – Deux cœurs et des cocktails – Un mari nu.

In ›Frou-Frou‹:

Collection – Alcôve – Victor – Fils à papa – Charmant enfant – A fleur de peau – Une grande joie – Une simple histoire d'amour – Choses vues – L'impuissant – Choses entendues – Vengeance – Légère erreur – Une aventure dans un train – Quelques stupidités – Le coup de foudre – Eugénie – La dame au chien – Un beau ménage – La vocation – Question de sauce – L'heure morne – L'odyssée de Lucien – L'irrésistible – Un bon garçon – Avertissement – Le séducteur – Une déveine – Un bougre – Une bougresse – A la hussarde – Parbleu – Escarmouches – Le maquereau – Brave Justin – Une garçonnière délicieuse – Sept croquis de carnaval – Le pompier de service – Le pompier de ces dames – Souvenirs – L'aventurière – Une bonne partie – Poissons d'avril – La sève monte – Recettes – Les premières vacances – Très bien la bicoque – Dans la peau – Sécurité discrétion – Entre deux maux – Un événement – Sam suffit – Villa Mon Rêve – L'avant-dernier – L'amant de Madame Casse-Noix – A trois roues – Le monsieur qui a une auto – Le salaud de l'arbre – La feuille à l'envers – L'émotion – Partouzes et Partouzards – Exilé sentimental – Improvisation – Petite crapule va – Histoire de Nymphes – Au temps des nymphes et des satyres – La nuit du 14 au 15.

1928

In ›Sans-Gêne‹:

L'île déserte – Un cœur obstiné – La fiancée ineffable – Un garçon moderne – Les jurés folichons – Les Finalet veulent du vice – Les jambes de Madame Bignolet – Les soupirs d'Emma – Le Parisien.

In ›Paris-Plaisirs‹:

Véritable histoire d'adultère – Débuts – Le Piège – Un jeune homme délicat – La main – Amours – Ma femme est en bas.

In ›Ric et Rac‹:

Les violons de Terre-Neuva – Jérémie – L 53.

In ›Frou-Frou‹:

Les histoires du Barman – Un drôle de coco – La femme de quarante ans – Un oubli – De fil en aiguille – Boudoirs et placards – Mots d'amour – Ce sacré Eusèbe – En papoue, na – Une tendre – Choses vues et entendues – Agitez – Les dents – Le contrôleur – L'amoureux de Madame Chaume – L'éclusière – Tromper sa femme – Types de femme – Un mélange – Types de casino – Le truc de la cabine – Boby et sa sœur – La poule – Le jeune homme – Le pont neuf – Une gamine insupportable – Une autre – Le 4e monsieur – Une petite qui a du cran – Drôle de type – Cornichon – La grosse Bertha – Liquidation – Plus d'imprévus – Histoires belges – Vieux chose.

1929

In ›Ric et Rac‹:
Le Bonhomme de Lagny – Le grappin de M. Sancette – Fredo la Terreur – L'homme aux allumettes – L'assassinat de la marquise – L'histoire des montres – Les trois clients – Le coffre-fort d'acajou – La dame aux yeux noirs – Le jeune homme pâle – Le nègre et la panthère – Train 133 – Le yacht et la panthère – Le rat du quai – Du dépôt au laboratoire – Le sacre de Napoléon – DKV – Policier Mammouth – Je fais tourner les têtes – Le Kaspern – La Veste – Le monsieur de papier – La petite bonne vindicative – La femme étrange.

In ›Paris-Plaisirs‹:
Moune – Le jeune homme en bleu – L'amour des bêtes – Le patron du petit bar – L'inconnu au coup de chapeau – Jalousie – Ah les femmes – Le bijoutier entreprenant – Raccommodage – Philantropie – Tendresse – Un monsieur qui n'en revient pas.

In ›Frou-Frou‹:
Une plaisanterie peu spirituelle – Cinq cents francs – Une homme serviable – La grosse brute – Bon cœur – Jeune homme – Empreintes – Héroïsme – Fleurs d'occasion – Dignité – T. S. F. – Soir de bravoure – Première chasse – Pluie – La jalousie d'Ernestine – De petits polissons – De sales mômes – Un rude effronté – Lisbeth et sa mère – L'oseille d'Emma – Cette chère Ada – Le maître baigneur – Poste restante – Ce sera à l'œil – L'entêtement – Monsieur Machin – Un incompris – Un divorce – Je ne suis pas celle ... – Juliette – Un homme fichu – La belle barbe – Joseph – Le chauffeur – Le bain de soleil – La grande brute – Un homme tout rond – Le concombre.

1930

In ›Ric et Rac‹:
L'archiviste – Le vase de Delft – Les trois rats de quai – Le yacht et la panthère – Le rat du quai.

In ›Paris-Plaisirs‹:
Les incartades de Madame Folette – Une dame dans une avant-scène – Le petit bar – Gaston – La veine et l'amour – Lettre anonyme – Dolly et Suzy – Un homme délicieux – Croquis parisiens – Mots d'amour – Une petite erreur – Une véritable aventure – Les bonnes vacances – Chacun son tour – Jean – Une vrai surprise.

In ›Frou-Frou‹:
Le portrait de Monsieur Mig – La puce – En musique – Cœur de lilas – A quatre mains – Incompris – L'homme fleuri – Névralgies – Un type extraordinaire – Chambre N° 17 – Les chocolats – Un drôle de mariage –

Un chic type – L'avancement de Monsieur Eugène – Une histoire de... – Le pantalon de la concierge – Le cocu scientifique – Faire ou ne pas faire – Une bonne surprise – Les Tacotot – Les 22 maîtresses – Eva – La jeune fille aux gifles – La petite dame qui sourit – Mademoiselle Betty – La vengeance en salade – Poste restante – L'amour devant l'objectif – Dame à ménager – Chacun son tour – Sollicitude – Un poison – Tronçon a perdu une femme nue – Coucou – Les portraits – Une histoire courte – Félix – Nénesse – Politesse – Eloquence – Une petite connaisseuse – Confidences – Une petite amie – A recommencer – Monsieur le Comte – Le rabatteur – La tournée – Un sale gosse.

1931

In ›Vu‹:
Sing-Sing ou la maison des trois marches.
In ›Paris-Plaisirs‹:
Le coup du jardin – Tendrement – La caméra – La dame sourde – Le mari au tonneau – La vedette.
In ›Frou-Frou‹:
L'étui à cigarettes – Les souliers – Après – La noce – L'homme bleu – Chéri Minet – L'escalier – Jojo à Lulu – Ernest et Ernestine – Un cas de conscience – Dans les coins – L'hirondelle – Prudence – Rencontre – Les trois larrons – L'enfant du tamponnement – A recommencer – Monsieur le Comte – Le rabatteur – La tournée – Un sale gosse.

1933

In ›L'Intransigeant‹:
La nuit du Pont-Marie – Moss et Hoch.

1935

In ›Le Courrier Royal‹ (Erzählungen und Chroniken):
Histoires de partout et d'ailleurs – Non Monsieur... – Ici Hollande – Hiérarchie congolaise – Les moules et le député.
In ›Frou-Frou‹:
La gaffe – Cornichon.

1936

In ›Le Courrier Royal‹ (Erzählungen und Chroniken):
L'enterrement, le petit garçon, la girl et l'urne aux cendres – Un homme à sa place et des places à prendre – De la maturité des fruits et des républi-

ques – L'opinion des autres – Une décoration bien méritée – Le colonel national – Sous le signe de l'asticot.

b) Groschenromane

Die Romane erschienen bei Tallandier, in der Bibliothèque des Grandes Aventures sowie der Serie Criminels et Policiers. Bei Arthème Fayard in den Reihen: Le Livre Populaire, Le Roman complet oder L'Aventure. Bei Ferenczi in den Reihen: Le Petit Roman, Voyages et Aventures, Mon Livre Favori, Le Petit Livre. Bei den Editions Prima in der Collection Gauloise.

Von diesen Romanen sind einige nicht erhalten. Die folgende Liste erhebt keinen Anspruch auf Vollständigkeit.

1921

Au Pont des Arches, Georges Sim (Bénard S. A., Liège).
Le bouton de col (nicht erschienen).
Jehan Pinaguet (nicht erschienen).

1924

Le Roman d'une dactylo, Jean du Perry (Ferenczi).
Amour d'exilée, Jean du Perry (Ferenczi).

1925

L'oiseau blessé, Jean du Perry (Ferenczi).
La fiancée fugitive, Jean du Perry (Ferenczi).
Entre deux haines, Jean du Perry (Ferenczi).
Ceux qu'on avait oubliés, Jean du Perry (Ferenczi).
Pour qu'il soit heureux, Jean du Perry (Ferenczi).
A l'assaut d'un cœur, Jean du Perry (Ferenczi).
Pour le sauver, Jean du Perry (Ferenczi).
La prêtresse des Vaudous, Christian Brulls (Tallandier).
Etoile de cinéma, Georges d'Isly (Rouff).
Au grand 13, Gom Gut (Prima).
Aux 28 négresses, Gom Gut (Prima).
Plaisir charnel, Gom Gut (Prima).

1926

Les yeux qui ordonnent, Jean du Perry (Ferenczi).
De la rue au bonheur, Jean du Perry (Ferenczi).
L'orgueil d'aimer, Jean du Perry (Ferenczi).
L'heureuse fin, Jean du Perry (Ferenczi).
Amour d'Afrique, Jean du Perry (Ferenczi).
Celle qui est aimée, Jean du Perry (Ferenczi).
Un péché de jeunesse, Jean du Perry (Ferenczi).
L'orgueil qui meurt, Georges Martin (Le Livre National).
Nox l'insaisissable, Christian Brulls (Ferenczi).
Se Ma Tsien le Sacrificateur, Christian Brulls (Tallandier).
Que ma mère l'ignore! Jean du Perry (Ferenczi).
Les larmes avant le bonheur, Georges Sim (Ferenczi).
Nichonette, Luc Dorsan (Prima).
Histoire d'un pantalon, Luc Dorsan (Prima).
Nuit de noces, Luc Dorsan (Prima).
Mémoires d'un vieux suiveur, Luc Dorsan (Prima).
Nini violée, Luc Dorsan (Prima).
La noce à Montmartre, Gom Gut (Prima).
Liquettes au vent, Gom Gut (Prima).
Une petite très sensuelle, Gom Gut (Prima).
Un viol aux »Quat'z Arts«, Gom Gut (Prima).
Perversités frivoles, Gom Gut (Prima).
Voluptueuses étreintes, Gom Gut (Prima).
Orgies bourgeoises, Gom Gut (Prima).

1927

Défense d'aimer, Georges Sim (Ferenczi).
Les voleurs de navires, Georges Sim (Tallandier).
Le cercle de la soif, Georges Sim (Ferenczi).
Le feu s'éteint, Georges Sim (Fayard).
Paris leste, Georges Sim (Prima).
Un monsieur libidineux, Georges Sim (Prima).
La pucelle de Benouville, Luc Dorsan (Prima).
L'homme aux douze étreintes, Gom Gut (Prima).
Etreintes passionnées, Gom Gut (Prima).
Lili-Tristesse, Jean du Perry (Ferenczi).
Un tout petit cœur, Jean du Perry (Ferenczi).

Le secret des lamas, Georges Sim (Tallandier).
Les maudits du Pacifique, Georges Sim (Tallandier).
Le roi des glaces, Georges Sim (Tallandier).
Les nains des cataractes, Georges Sim (Tallandier).
Le sous-marin dans la forêt, Georges Sim (Tallandier).
Le monstre blanc de la Terre de Feu, Georges Sim (Ferenczi).
Le semeur de larmes, Georges Sim (Ferenczi).
Songes d'été, Georges Sim (Ferenczi).
Le sang des gitanes, Georges Sim (Ferenczi).
Aimer d'amour, Georges Sim (Ferenczi).
Le lac d'angoisse, Georges Sim (Ferenczi).
Miss Baby, Georges Sim (Fayard).
Les cœurs perdus, Georges Sim (Fayard).
Chair de beauté, Georges Sim (Fayard).
Le désert du froid qui tue, Christian Brulls (Ferenczi).
Annie danseuse, Christian Brulls (Ferenczi).
Mademoiselle X, Christian Brulls (Fayard).
Dolorosa, Christian Brulls (Fayard).
Les adolescents passionnés, Christian Brulls (Fayard).
Le document violet, Christian Brulls (Fayard).
La maison des disparus, Christian Brulls (Fayard).
L'amour méconnu, Jean Dorsage (Ferenczi).
Cœur exalté, Jean du Perry (Fayard).
Le fou d'amour, Jean du Perry (Fayard).
Un jour de soleil, Jean du Perry (Fayard).
Les amants de la mansarde, Jean du Perry (Fayard).
Trois cœurs dans la tempête, Jean du Perry (Fayard).
Cabotine, Georges-Martin Georges (Ferenczi).
Aimer, mourir, Georges-Martin Georges (Ferenczi).
Les cœurs vides, Georges-Martin Georges (Ferenczi).
Un soir de vertige, Georges-Martin Georges (Ferenczi).
Brin d'amour, Georges-Martin Georges (Ferenczi).
Haïr à force d'aimer, Gaston Vialis (Ferenczi).
Un petit corps blessé, Gaston Vialis (Ferenczi).
Un seul baiser, Jacques Dersonne (Ferenczi).
Bobette et les trois satires, Gom Gut (Prima).
Une petite dessalée, Luc Dorsan (Prima).
Un petit poison, Kim (Prima).
Le chéri de tantine, Kim (Prima).
L'amant fantôme, Gom Gut (Prima).
Les distractions d'Hélène, Gom Gut (Prima).

1929

La femme en deuil, Georges Sim (Tallandier).
L'île des hommes roux, Georges Sim (Tallandier).
Le Gorille-Roi, Georges Sim (Tallandier).
En robe de mariée, Georges Sim (Tallandier).
La panthèe borgne, Georges Sim (Tallandier).
Un drôle de coco, Luc Dorsan (Prima).
Celle qui revient, Jean Dorsage (Ferenczi).
La Fiancée aux mains de glace, Georges Sim (Fayard).
Les Bandits de Chicago, Georges Sim (Fayard).
Les contrebandiers de l'alcool, Georges Sim (Fayard).
Destinées, Georges Sim (Fayard).
La femme qui tue, Georges Sim (Fayard).
La maison sans soleil, Georges Sim (Fayard).
Le roi du Pacifique, Georges Sim (Ferenczi).
L'île des maudits, Georges Sim (Ferenczi).
Un drame au Pôle Sud, Christian Brulls (Fayard).
Captain S. O. S., Christian Brulls (Fayard).
L'amant sans nom, Christian Brulls (Fayard).
Les pirates du Texas, Christian Brulls (Ferenczi).
Deux cœurs de femme, Jean du Perry (Ferenczi).
L'épave d'amour, Jean du Perry (Ferenczi).
L'amour et l'argent, Jean du Perry (Ferenczi).
Le mirage de Paris, Jean du Perry (Ferenczi).
Cœurs de poupée, Jean du Perry (Ferenczi).
La fille de l'autre, Jean du Perry (Ferenczi).
Une femme a tué, Jean du Perry (Ferenczi).
Nuit de Paris, Georges-Martin Georges (Ferenczi).
Une ombre dans la nuit, Georges-Martin Georges (Ferenczi).
Voleuse d'amour, Georges-Martin Georges (Ferenczi).
Le parfum du passé, Gaston Vialis (Ferenczi).
Trop beau pour elle, G. Violis (Ferenczi).
La merveilleuse aventure, Jacques Dersonne (Ferenczi).
Hélas, je t'aime, Germain d'Antibes (Ferenczi).
Les deux maîtresses, Jacques Dossage (Ferenczi).
Les mémoires d'un prostitué par lui-même, Vorwort von Georges Sim (Prima).

1930

L'œil de l'Utah, Georges Sim (Tallandier).
Le pêcheur de bouées, Georges Sim (Tallandier).

Le chinois de San Francisco, Georges Sim (Tallandier).
L'homme qui tremble, Georges Sim (Fayard).
La femme 47, Georges Sim (Fayard).
L'inconnue, Christian Brulls (Fayard).
Mademoiselle Million, Georges Sim (Fayard).
Nez d'argent, Georges Sim (Ferenczi).
Jacques d'Antifer, Roi des Iles du Vent, Christian Brulls (Ferenczi).
Train de nuit, Christian Brulls (Fayard).
Les amants du malheur, Jean du Perry (Ferenczi).
Celle qui passe, Jean Perry (Ferenczi).
Petite exilée, Jean du Perry (Ferenczi).
La puissance du souvenir, Georges-Martin Georges (Ferenczi).
Bobette mannequin, Georges-Martin Georges (Ferenczi).
La double vie, Georges-Martin Georges (Ferenczi).
La porte close, Georges-Martin Georges (Ferenczi).
Le bonheur de Lili, Georges-Martin Georges (Ferenczi).
Un nid d'amour, Georges-Martin Georges (Ferenczi).
Lili-Sourire, Gaston Vialis (Ferenczi).
Folie d'un soir, Gaston Vialis (Ferenczi).
La femme ardente, Gaston Vialis (Ferenczi).
Les étapes du mensonge, Jacques Dersonne (Ferenczi).
Baisers mortels, Jacques Dersonne (Ferenczi).
Les chercheurs de bonheur, Jean Dorsage (Ferenczi).
Cœur de jeune fille, Jean Dorsage (Ferenczi).
Sœurette, Jean Dorsage (Ferenczi).

1931

L'homme de proie, Georges Sim (Fayard).
Les errants, Georges Sim (Fayard).
Katia acrobate, Georges Sim (Fayard).
La maison de la haine, Christian Brulls (Fayard).
Les forçats de Paris, Christian Brulls (Fayard).
Pour venger son père, Christian Brulls (Ferenczi).
L'homme à la cigarette, Georges Sim (Tallandier).
Marie-Mystère, Jean du Perry (Fayard).
Victime de son fils, Jacques Dersonne (Ferenczi).
Ame de jeune fille, Gaston Vialis (Ferenczi).
Pauvre amante, Jean du Perry (Ferenczi).

1932

La fiancée du diable, Georges Sim (Fayard).
L'épave, Georges Sim (Fayard).
Matricule 12, Georges Sim (Ferenczi).
Fièvre, Christian Brulls (Fayard).
La figurante, Christian Brulls (Fayard).
La maison de l'inquiétude, Georges Sim (Tallandier).

1933

La femme rousse, Georges Sim (Tallandier).
Le château des sables rouges, Georges Sim (Tallandier).
Deuxième Bureau, Georges Sim (Tallandier).
Le paria des bois sauvages, Georges Sim (Ferenczi).
Le yacht fantôme, Georges Sim (Ferenczi).
Le cercle de la mort, Georges Sim (Ferenczi).
L'île de la désolation, Christian Brulls (Ferenczi).
Le lac des esclaves, Christian Brulls (Ferenczi).
Le naufrage du pélican (Ferenczi).

1934

L'évasion, Christian Brulls (Fayard).
La chasse au whisky, Christian Brulls (Ferenczi).
En route pour le bonheur, Maurice Pertuis (Ferenczi).
L'héritier du corsaire, Christian Brulls (Ferenczi).

1935

Le bateau d'or, Georges Sim (Ferenczi).

1937

L'île empoisonnée, Christian Brulls (Ferenczi).
Seul parmi les gorilles, Christian Brulls (Ferenczi).

2. *Werke von Georges Simenon*

a) Die Maigret-Romane und -Geschichten
[in der Reihenfolge der französischen Erstausgaben]

Pietr-le-Letton. Roman (Fayard, 1931).
M. Gallet, décédé. Roman (Fayard, 1931).
Le pendu de Saint-Pholien. Roman (Fayard, 1931).
Le charretier de la »Providence«. Roman (Fayard, 1931).
La tête d'un homme. Roman (Fayard, 1931).
Le chien jaune. Roman (Fayard, 1931).
Un crime en Hollande. Roman (Fayard, 1931).
La danseuse du Gai-Moulin. Roman (Fayard, 1931).
La guiguette à deux sous. Roman (Fayard, 1931).
La nuit du carrefour. Roman (Fayard, 1931).
Le port des brumes. Roman (Fayard, 1932).
L'ombre chinoise. Roman (Fayard, 1932).
Chez les Flamands. Roman (Fayard, 1932).
Le fou de Bergerac. Roman (Fayard, 1932).
Liberty Bar. Roman (Fayard, 1932).
Au rendez-vous des Terre-Neuvas. Roman (Fayard, 1933).
L'affaire Saint-Fiacre. Roman (Fayard, 1933).
L'écluse n° 1. Roman (Fayard, 1933).
Maigret. Roman (Fayard, 1934).
Maigret revient. Drei Romane: Cécile est morte · Les caves du Majestic · La maison du juge (Gallimard, 1942).
Les nouvelles enquêtes de Maigret. Erzählungen: ›La péniche aux deux pendus‹ · ›L'affaire du boulevard Beaumarchais‹ · ›La fenêtre ouverte‹ · ›Monsieur Lundi‹ · ›Jeumont, 51 minutes d'arret!‹ · ›Peine de mort‹ · ›Les larmes de bougie‹ · ›Rue Pigalle‹ · ›Une erreur de Maigret‹ · ›L'amoureux de Madame Maigret‹ · ›La vieille dame de Bayeux‹ · ›L'Auberge aux Noyés‹ · ›Stan le Tueur‹ · ›L'Etoile du Nord‹ · ›Tempête sur la Manche‹ · ›Mademoiselle Berthe et son amant‹ · ›Le notaire de Châteauneuf‹ (Gallimard, 1944).
Signé Picpus. Drei Romane und fünf Novellen: *Signé Picpus · L'Inspecteur Cadavre · Félicie est là · Nouvelles exotiques* [Inhalt siehe dort] (Gallimard, 1944).
Maigret se fâche. Ein Roman und eine Erzählung: *Maigret se fâche* · ›La pipe de Maigret‹ (Presses de la Cité, 1947).
Maigret à New York (Presses de la Cité, 1947).
Maigret et l'Inspecteur Malchanceux [später: *Maigret et l'Inspecteur Malgracieux*]. Erzählungen: ›Maigret et l'Inspecteur Malchanceux‹ · ›Le témoignage de l'enfant de chœur‹ · ›Le client le plus ob-

stiné du monde‹ · ›On ne tue pas les pauvres types‹ (Presses de la Cité, 1947).

Les vacances de Maigret. Roman (Presses de la Cité, 1948).

Maigret et son mort. Roman (Presses de la Cité, 1948).

La première enquête de Maigret. Roman (Presses de la Cité, 1949).

Mon ami Maigret. Roman (Presses de la Cité, 1949).

Maigret chez le coroner. Roman (Presses de la Cité, 1949).

L'amie de Madame Maigret. Roman (Presses de la Cité, 1950).

Maigret et les petits cochons sans queue. Erzählungen: ›Les petits cochons sans queue‹ · ›Peine de mort‹ · ›Le petit tailleur et le chapelier‹ · ›Le deuil de Fonsine‹ · ›Un certain Monsieur Berquin‹ · ›L'homme dans la rue‹ · ›Vente à la bougie‹ · ›Madame Quatre et ses enfants› (Presses de la Cité, 1950).

Maigret et la vieille dame. Roman (Presses de la Cité, 1950).

Les mémoires de Maigret. Roman (Presses de la Cité, 1951).

Un Noël de Maigret. Erzählungen: ›Un Noël de Maigret‹ · ›Sept petites croix dans un carnet‹ · ›Le petit restaurant des Ternes. Conte de Noël pour grandes personnes‹ (Presses de la Cité, 1950).

Maigret au Picratt's. Roman (Presses de la Cité, 1951).

Maigret en meublé. Roman (Presses de la Cité, 1951).

Maigret et la Grande-Perche. Roman (Presses de la Cité, 1951).

Maigret, Lognon et les gangsters. Roman (Presses de la Cité, 1952).

Le revolver de Maigret. Roman (Presses de la Cité, 1952).

Maigret et l'homme du banc. Roman (Presses de la Cité, 1953).

Maigret a peur. Roman (Presses de la Cité, 1953).

Maigret se trompe. Roman (Presses de la Cité, 1953).

Maigret à l'école. Roman (Presses de la Cité, 1954).

Maigret et la jeune morte. Roman (Presses de la Cité, 1954).

Maigret chez le ministre. Roman (Presses de la Cité, 1954).

Maigret et le corps sans tête. Roman (Presses de la Cité, 1955).

Maigret tend un piège. Roman (Presses de la Cité, 1955).

Un échec de Maigret. Roman (Presses de la Cité, 1956).

Maigret s'amuse. Roman (Presses de la Cité, 1957).

Maigret voyage. Roman (Presses de la Cité, 1958).

Les scrupules de Maigret. Roman (Presses de la Cité, 1958).

Strip-tease. Roman (Presses de la Cité, 1958).

Maigret et les témoins récalcitrants. Roman (Presses de la Cité, 1959).

Une confidence de Maigret. Roman (Presses de la Cité, 1959).

Maigret aux assises. Roman (Presses de la Cité, 1960).

Maigret et les vieillards. Roman (Presses de la Cité, 1960).

Maigret et le voleur paresseux. Roman (Presses de la Cité, 1961).

Maigret et les braves gens. Roman (Presses de la Cité, 1962).

Maigret et le client du samedi. Roman (Presses de la Cité, 1962).

Maigret et le clochard. Roman (Presses de la Cité, 1963).
La colère de Maigret. Roman (Presses de la Cité, 1963).
Maigret et le fantôme. Roman (Presses de la Cité, 1963).
Maigret se défend. Roman (Presses de la Cité, 1964).
La patience de Maigret. Roman (Presses de la Cité, 1965).
Maigret et l'affaire Nahour. (Presses de la Cité, 1967).
Le voleur de Maigret. Roman (Presses de la Cité, 1967).
Maigret à Vichy. Roman (Presses de la Cité, 1967).
Maigret hésite. Roman (Presses de la Cité, 1968).
L'ami d'enfance de Maigret. Roman (Presses de la Cité, 1968).
Maigret et le tueur. Roman (Presses de la Cité, 1969).
Maigret et le marchand de vin. Roman (Presses de la Cité, 1969).
La folle de Maigret. Roman (Presses de la Cité, 1970).
Maigret et l'homme tout seul. Roman (Presses de la Cité, 1971).
Maigret et l'indicateur. Roman (Presses de la Cité, 1971).
Maigret et Monsieur Charles. Roman (Presses de la Cité, 1972).

b) Die Romane und Erzählungen, sowie die Kriminalgeschichten
[in der Reihenfolge der französischen Erstausgaben]

Le passager du »Polarlys«. Roman (Fayard, 1932).
Les treize coupables. Erzählungen: ›Ziliouk‹ · ›M. Rodrigues‹ · ›Madame Smitt‹ · ›Les »Flamands«‹ · ›Nouchi‹ · ›Arnold Schuttringer‹ · ›Waldemar‹ · ›Strvzeski‹ · ›Philippe‹ · ›Nicolas‹ · ›Les Timmermanns‹ · ›Le Pacha‹ · ›Otto Müller‹ · ›Bus‹ (Fayard, 1932).
Les treize mystères. Erzählungen: ›L'affaire Lefrançois‹ · ›Le coffre-fort de la S. S. S.‹ · ›Le dossier n° 16‹ · ›Le mort invraisemblable‹ · ›Le vol du lycée de B . . .‹ · ›Le dénommé Popaul‹ · ›Le pavillon de la Croix-Rousse‹ · ›La cheminée du »Lorraine«‹ · ›Les trois Rembrandt‹ · ›L'écluse n° 14‹ · ›Les deux ingénieurs‹ · ›La bombe de l'Astoria‹ · ›La tabatière en or‹ (Fayard, 1932).
Les treize énigmes. Erzählungen: ›»G. 7«‹ · ›Le naufrage du »Catherine«‹ · ›L'esprit déménageur‹ · ›Le corps tatoué‹ · ›Le corps disparu‹ · ›Hans Peter‹ · ›Le chien jaune‹ · ›L'incendie‹ · ›Du Parc Monceau‹ · ›Le Mas Costefigues‹ · ›Le château des disparus‹ · ›Le secret du port Bayard‹ · ›Le drame de Dunkerque‹ · ›L'inconnue d'Etretat‹ (Fayard, 1932).
Le relais d'Alsace. Roman (Fayard, 1933).
Les gens d'en face. Roman (Fayard, 1933).
L'Ane-Rouge. Roman (Fayard, 1933).
La maison du canal. Roman (Fayard, 1933).
Les fiançailles de Monsieur Hire. Roman (Fayard, 1933).
Le coup de lune. Roman (Fayard, 1933).

Le haut mal. Roman (Fayard, 1933).
L'homme de Londres. Roman (Fayard, 1934).
Le locataire. Roman (Fayard, 1934).
Les suicidés. Roman (Fayard, 1934).
Les Pitard. Roman (Fayard, 1934).
Les clients d'Avrenos. Roman (Gallimard, 1935).
Quartier nègre. Roman (Gallimard, 1935).
L'évadé. Roman (Gallimard, 1936).
Les demoiselles de Concarneau. Roman (Gallimard, 1936).
45° à l'ombre. Roman (Gallimard, 1936).
Long cours. Roman (Gallimard, 1936).
Faubourg. Roman (Gallimard, 1937).
L'assassin. Roman (Gallimard, 1937).
Le blanc à lunettes. Roman (Gallimard, 1937).
Le testament Donadieu. Roman [anläßlich einer Neuausgabe des Romans enthielt er zusätzlich die (undatierte) Erzählung ›Le châle de Marie Dudon‹] (Gallimard, 1937).
Ceux de la soif. Roman (Gallimard, 1938).
G. 7 [später *Les sept minutes*]. Erzählungen: ›Le grand langoustier‹ · ›La nuit des sept minutes‹ · ›L'énigme de la Marie galante‹ (Gallimard, 1938).
Les rescapés du »Télémaque«. Roman (Gallimard, 1938).
La mauvaise étoile. Erzählungen: ›L'homme en habit dans son square et le baguard aux nougats‹ · ›Celui qui se battait avec les rats ou la plus banale des histoires‹ · ›Popole et son cuisinier ou la tête a trop trempé‹ · ›Touristes de bananes ou les Adams de Chicago et les Eves de Manchester et d'Oslo dans les nouveaux paradis terrestres‹ · ›Les joies de la pampa ou l'homme qui est prisonnier entre deux gares‹ · ›L'aventure du gentleman anglais et de la femme qui montrait son derrière du haut d'un cocotier‹ · ›Mon ami l'Auvergnat et le Lithouanien solitaire qui n'avait jamais mangé‹ · ›Le politechnicien et le boy à sonnettes‹ · ›L'aventurier syndiqué‹ · ›Celui qui refusait de devenir juge‹ · ›Les chiens des marquises et le percepteur dans la forêt vierge‹ (Gallimard, 1938).
Chemin sans issue. Roman (Gallimard, 1938).
Touriste de bananes. Roman (Gallimard, 1938).
L'homme qui regardait passer les trains. Roman (Gallimard, 1938).
Les trois crimes de mes amis. Roman (Gallimard, 1938).
Monsieur La Souris. Roman (Gallimard, 1938).
La Marie du port. Roman (Gallimard, 1938).
Le suspect. Roman (Gallimard, 1938).
Les sœurs Lacroix. Roman (Gallimard, 1938).
Le Cheval-Blanc. Roman (Gallimard, 1938).
Le Coup-de-Vague. Roman (Gallimard, 1939).
Chez Krull. Roman (Gallimard, 1939).

Le bourgmestre de Furnes. Roman (Gallimard, 1939).
Les inconnus dans la maison. Roman (Gallimard, 1940).
Malempin. Roman (Gallimard, 1940).
Cour d'assises. Roman (Gallimard, 1941).
La maison des sept jeunes filles. Roman (Gallimard, 1941).
L'outlaw. Roman (Gallimard, 1941).
Bergelon. Roman (Gallimard, 1941).
Il pleut, bergère. Roman (Gallimard, 1941).
Le voyageur de la Toussaint. Roman (Gallimard, 1941).
Oncle Charles s'est enfermé. Roman (Gallimard, 1942).
La veuve Couderc. Roman (Gallimard, 1942).
Le fils Carinaud. Roman (Gallimard, 1942).
La vérité sur Bébé Donge. Roman (Gallimard, 1942).
Le petit docteur. Erzählungen: ›Le flair du petit docteur‹ · ›La demoiselle en bleu pâle‹ · ›Une femme a crié‹ · ›Les fantômes de Monsieur Marbe‹ · ›Les mariés du 1er décembre‹ · ›Le mort tombé du ciel‹ · ›La bonne fortune du Hollandais‹ · ›Le passager et son nègre‹ · ›La piste de l'homme roux‹ · ›L'amiral a disparu‹ · ›La sonnette d'alarme‹ · ›Le château d'arsenic‹ · ›L'amoureux aux pantoufles‹ (Gallimard, 1943).
Les dossiers de l'Agence »O«. Erzählungen: ›La cage d'Emile‹ · ›La cabane en bois‹ · ›L'homme tout nu‹ · ›L'arrestation du musicien‹ · ›L'étrangleur de Moret‹ · ›Le vieillard de porte-mine‹ · ›Les trois bateaux de la Calanque‹ · ›La fleuriste de Deauville‹ · ›Le ticket de métro‹ · ›Emile à Bruxelles‹ · ›Le prisonnier de Lagny‹ · ›Le club des vieilles dames‹ · ›Le docteur Tant-Pis‹ · ›Le chantage de l'agence »O«‹ (Gallimard, 1943).
Le rapport du gendarme. Roman (Gallimard, 1944).
La fenêtre des Rouet. Roman (La Jeune Parque, 1946).
L'aîné des Ferchaux. Roman (Gallimard, 1945).
Les noces de Poitiers. Roman (Gallimard, 1946).
Le cercle des Mahé. Roman (Gallimard, 1946).
La fuite de Monsieur Monde. Roman (La Jeune Parque, 1946).
Trois chambres à Manhattan. Roman (Presses de la Cité, 1946).
Au bout du rouleau. Roman (Presses de la Cité, 1947).
Le clan des Ostandais. Roman (Presses de la Cité, 1947).
Lettre à mon juge. Roman (Presses de la Cité, 1947).
Le destin des Malou. Roman (Presses de la Cité, 1947).
Le bilan Malétras. Roman (Gallimard, 1948).
Le passager clandestin. Roman (Presses de la Cité, 1948).
La Jument-Perdue. Roman (Presses de la Cité, 1948).
La neige était sale. Roman (Presses de la Cité, 1948).
Le fond de la bouteille. Roman (Presses de la Cité, 1949).
Les fantômes du chapelier. Roman (Presses de la Cité, 1949).
Les quatre jours du pauvre homme. Roman (Presses de la Cité, 1949).

Un nouveau dans la ville. Roman (Presses de la Cité, 1950).
Les volets verts. Roman (Presses de la Cité, 1950).
L'enterrement de Monsieur Bouvet. Roman (Presses de la Cité, 1950).
Tante Jeanne. Roman (Presses de la Cité, 1951).
Le temps d'Anaïs. Roman (Presses de la Cité, 1951).
Une vie comme neuve. Roman (Presses de la Cité, 1951).
Marie qui louche. Roman (Presses de la Cité, 1951).
La mort de Belle. Roman (Presses de la Cité, 1952).
Les frères Rico. Roman (Presses de la Cité, 1952).
Antoine et Julie. Roman (Presses de la Cité, 1953).
L'escalier de fer. (Presses de la Cité, 1953).
Feux rouges. Roman (Presses de la Cité, 1953).
Le bateau d'Emile. Erzählungen: ›La révolte du Canari‹ · ›La femme du pilote‹ · ›Le doigt de Barraquier‹ · ›Le destin de Monsieur Saft‹ · ›Le baron de l'écluse ou la croisière du »Potam«‹ · ›Le nègre s'est endormi‹ · ›Valérie s'en va‹ · ›L'épingle en fer à cheval‹ · ›L'homme à barbe‹ · ›Le deuil de Fonsine‹ · ›Le bateau d'Emile‹ (Gallimard, 1954).
Crime impuni. Roman (Presses de la Cité, 1954).
L'horloger d'Everton. Roman (Presses de la Cité, 1954).
Le grand Bob. Roman (Presses de la Cité, 1954).
Les témoins. Roman (Presses de la Cité, 1955).
La boule noire. Roman (Presses de la Cité, 1955).
Les complices. Roman (Presses de la Cité, 1955).
En cas de malheur. Roman (Presses de la Cité, 1956).
Le petit homme d'Archangelsk. Roman (Presses de la Cité, 1956).
Le fils. Roman (Presses de la Cité, 1957).
Le nègre. Roman (Presses de la Cité, 1957).
Le président. Roman (Presses de la Cité, 1958).
Le passage de la ligne. Roman (Presses de la Cité, 1958).
Dimanche. Roman (Presses de la Cité, 1959).
La vieille. Roman (Presses de la Cité, 1959).
Le veuf. Roman (Presses de la Cité, 1959).
L'ours en peluche. Roman (Presses de la Cité, 1960).
Betty. Roman (Presses de la Cité, 1961).
Le train. Roman (Presses de la Cité, 1961).
La porte. Roman (Presses de la Cité, 1962).
Les autres. Roman (Presses de la Cité, 1962).
Les anneaux de Bicêtre. Roman (Presses de la Cité, 1963).
La rue aux trois poussins. Erzählungen: ›Le docteur de Kirkenes‹ · ›Les demoiselles de Queue-de Vache‹ · ›Le comique de »Saint-Antoine«‹ · ›Le capitaine du »Vasco«‹ · ›Le matin des trois absoutes‹ · ›La rue aux trois poussins‹ · ›Le mari de Mélie‹ · ›Les mains pleines‹ · ›Annette et la dame blonde‹ · ›Le crime du Malgracieux‹ · ›Le deuil de Fonsine‹ · ›La

piste du Hollandais‹ · ›Le naufrage de »l'armoire à glace«‹ (Presses de la Cité, 1963).

La chambre bleue. Roman (Presses de la Cité, 1964).
L'homme au petit chien. Roman (Presses de la Cité, 1964).
Le petit saint. Roman (Presses de la Cité, 1965).
Le train de Venise. Roman (Presses de la Cité, 1965).
Le confessional. Roman (Presses de la Cité, 1966).
La mort d'Auguste. Roman (Presses de la Cité, 1966).
Le chat. Roman (Presses de la Cité, 1967).
Le déménagement. Roman (Presses de la Cité, 1967).
La prison. Roman (Presses de la Cité, 1968).
La main. Roman (Presses de la Cité, 1968).
Il y a encore des noisettiers. Roman (Presses de la Cité, 1969).
Novembre. Roman (Presses de la Cité, 1970).
Le riche homme. Roman (Presses de la Cité, 1970).
La disparition d'Odile. Roman (Presses de la Cité, 1971).
La cage de verre. Roman (Presses de la Cité, 1971).
Les innocents. Roman (Presses de la Cité, 1972).

3. Reportagen (Auswahl)

»Escales nordiques«, in ›Le Petit Journal‹ (vom 1. bis 12. März 1931).
»Au fil de l'eau«, in ›Le Figaro illustré‹ (1. Mai 1932).
»L'heure du nègre«, in ›Voilà‹ (8. Oktober bis 12. November 1932).
»Europe 33«, in ›Voilà‹ (18. März bis 29. April 1933).
»L'Afrique qu'on dit mystérieuse«, in ›Police et Reportage‹ Nr. 1 (27. April 1933). (Signiert: Georges Caraman.)
»Les grands palaces européens«, in ›Police et Reportage‹ Nr. 5 (25. Mai 1933). (Signiert: Georges Caraman.)
»Police judiciaire«, in ›Police et Reportage‹ Nr. 9. (22. Juni 1933). (Signiert: Georges Caraman.)
»Sa Majesté la Douane«, in ›Voilà‹ (vom 1. bis 28. Januar 1933).
»La caravane du crime«, in ›Détective‹ (28. September 1933).
»Une première à l'île de Ré«, in ›Voilà‹ (7. Oktober 1933).
»Chez Trotsky«, in ›Paris-Soir‹ (15. und 16. Juni 1933).
»En marge de l'affaire Stavisky«, in ›Paris-Soir‹ (25. Januar 1934 bis 11. Februar 1934).
»A la recherche de l'assassin du conseiller Prince«, in ›Paris-Soir‹ (20. März 1934 bis 6. April 1934).
»La machine à suicider«, in ›Excelsior‹ (1. März 1934).
»La Mafia«, in ›Excelsior‹ (10. März 1934).

»Si l'on voulait arrêter les coupables«, in ›Excelsior‹ (25. März 1934).
»Peuples qui ont faim«, in ›Le Jour‹ (April/Mai 1934).
»Des crimes vont être commis«, in ›Je Sais Tout‹ (Mai 1934).
»Mare Nostrum (la Méditerranée en goélette)«, in ›Marianne‹ (27. Juni bis 12. September 1934).
»Inventaire de la France, ou quand la crise sera finie«, in ›Le Jour‹ (Oktober 1934).
»En marge des méridiens«, in ›Marianne‹ (30. Januar; 6., 13., 20., 27. Februar; 3. April; 22. Mai; 11., 18., 25. September 1935).
»Les vaincus de l'aventure« (als Buch: ›*La mauvaise étoile*‹, Gallimard, 1938), in ›Paris-Soir‹ (vom 12. bis 25. Juni 1935).
»Histoires du monde malade«, in ›Le Jour‹ (vom 22. Aug. bis 4. Sept. 1935).
»Les gangsters dans l'archipel des amours«, in ›Paris-Soir‹ (vom 17. bis 21. September 1935).
»Police-secours ou les nouveaux mystères de Paris«, in ›Paris-Soir‹ (vom 6. bis 16. Februar 1937).
»Long cours sur les rivières et canaux«, in ›Marianne‹ (12. Mai 1937). (Als Broschüre bei Editions Dynamo, Liège 1952).
»Au chevet du monde malade«, in ›France-Soir‹ (Dezember 1945).
»Un grand peuple en marche«, in ›France-Soir‹ (Januar 1946).
»L'Amérique en auto«, in ›France-Soir‹ (November 1946).

Zwei Sammelbände mit Reportagen erschienen unter den Titeln ›*A la découverte de la France*‹ und ›*A la recherche de l'homme nu*‹, hrsg. von Francis Lacassin und Gilbert Sigaux (Collection 10/18 Nr. 1052–53, 1976).

4. *Vorworte*

Ludo Patris: *L'homme d'Ombre* (Edition de la Toison d'Or, 1942).
Arthur Omré: *Traqué* (Presses de la Cité, 1945).
Roxane Toplicéano: *Bagatelles et autres* (Fournier, 1946).
Jean Bouret: *Bernard Buffet*, ›Les Cahiers de la peinture‹ Nr. 4 (Achille Weber, 1958).
Paul Fort: *Ballades françaises et Chronique de France* (Flammarion, 1958).
Daniel Frasnay: *La Femme en France*. Album mit Photographien (Presses de la Cité, 1958).
Jean Ambrosi: *Commissaire de quartier* (Editions du Scorpion, 1959).
Quentin Ritzen: *Les Nervures de l'Etre* (Editions Rencontre et Plon, 1967).

Pierre Benoit: *Œuvres complètes*. Band 22 (Cercle du Bibliophile, 1967).
Bernard Buffet: *Lithographies 1952–1966* (Trinckvel, 1968).
Christian Strich [Hrsg.]: *Fellini's Filme* (Diogenes, 1976).

5. *Autobiographische Schriften*

Je me souviens (Presses de la Cité, 1945).
Pedigree (Presses de la Cité, 1948).
Le roman de l'homme, Vortrag, gehalten in Brüssel am 3. Oktober 1958 (Presses de la Cité, 1960).
Quand j'étais vieux, Tagebücher 1960–63 (Presses de la Cité, 1970).
Lettre à ma mère (Presses de la Cité, 1974).
Un homme comme un autre (Presses de la Cité, 1975).
Des traces de pas (Presses de la Cité, 1975).
Les petits hommes (Presses de la Cité, 1976).
Vent du Nord; vent du Sud (Presses de la Cité, 1976).
Une vie comme neuve (Presses de la Cité, 1977).
Un banc au Soleil (Presses de la Cité, 1977).
De la cave au grenier (Presses de la Cité, 1977).
A l'abri de notre arbre (Presses de la Cité, 1977).
Vacances obligatoires (Presses de la Cité, 1978).
Tant que je suis vivant (Presses de la Cité, 1978).
La main dans la main (Presses de la Cité, 1978).
Je suis resté un enfant de chœur (Presses de la Cité, 1979).
A quoi bon jurer? (Presses de la Cité, 1979).
Au-delà de ma porte-fenêtre (Presses de la Cité, 1979).
Le prix d'un homme (Presses de la Cité, 1980).
Les libertés qu'il nous reste (Presses de la Cité, 1980).
On dit que j'ai soixante-quinze ans (Presses de la Cité, 1980).
Quand vient le froid (Presses de la Cité, 1980).
Jour et nuit (Presses de la Cité, 1981).
Destinées (Presses de la Cité, 1981).
La femme endormie (Presses de la Cité, 1981).

6. *Texte über eigene Werke (Auswahl)*

Les gens d'en face (›Les Annales‹, 1. November 1933).
Maigret reprend du service (›Le Jour‹, 19. Februar 1934, anläßlich der Veröffentlichung des Maigret-Romans vom 20. Februar bis 15. März in dieser Zeitschrift).
Quartier nègre (anläßlich des Theaterstücks zum gleichnamigen Roman

im Programmheft des Theaters Galeries Saint-Hubert, Brüssel, vom 11. Dezember 1936).
Sur les décors lointains (›Le Petit Parisien‹, 24. Juni 1937, anläßlich der Veröffentlichung von *Les Rescapés du Télémaque* zwischen dem 25. Juni und 24. Juli in dieser Zeitschrift).
L'assassin (Ankündigung des gleichnamigen Romans in den Cahiers d'annonces der ›Nouvelle Revue Française‹, Februar 1937).
Ceux de la soif (dasselbe, ebenda Februar 1938).
La Marie du port (dasselbe, ebenda November 1938).
La maison des sept jeunes filles (›Ciné-Mondial‹, 26. Dezember 1941, zum Erscheinen des Films von Albert Valentin).
Pedigree (Vorwort für die Ausgabe von 1957, Presses de la Cité).
La prison (Vorwort zum gleichnamigen Roman in der Zeitschrift ›Constellation‹, April 1968).

Außer dem zweiten sind sämtliche dieser Texte in den *Œuvres Complètes* enthalten.

7. *Essays, Artikel, Interviews (Auswahl)*

›La Gazette de Liège‹, 25. März–18. Dezember 1920. Berichte, unterzeichnet mit Georges Sim oder Monsieur le Coq. In der genannten Zeit erschienen 28 Beiträge.
›Revue sincère‹ (Brüssel), »Mes fiches« von Georges Sim. Unter diesem Titel erschienen 1923 sechs kleine Porträts, gewidmet Claude Farrère, Paul Fort, Léon Daudet, Tristan Bernard, Maurice Barrès und Henri Duvernois.
»Comment on écrit un roman policier«, ›L'Eclair du Soir‹ (26. Februar 1932).
»A la providence du voyageur«, ›Témoignages de notre Temps‹ (November 1933).
»Sixième continent«, ebenda (Dezember 1933).
»N'oubliez pas les tigres«, ›Paris-Soir‹ (24. Februar 1934).
»Carlo Rim«, ›Marianne‹ (4. April 1934).
»Les romans qu'on dit policiers«, ebenda (27. November 1935).
»Seul à Paris (Noël de l'écrivain)«, ›L'Ouest-Eclair‹ (26. Dezember 1937).
»L'âge du roman«, ›Confluences‹, Lyon, Nr. 21–24 (Februar 1943). Enthalten in Band 17 der *Œuvres Complètes*.
»L'aventure«, ›Les Etincelles‹, Lyon (Editions de Savoie, 1945). In Band 8 der *Œuvres Complètes* enthalten.
»Le romancier«, ›The French Review‹, USA (Februar 1946). In Band 17 der *Œuvres Complètes*.

»Discours de réception« vor der Académie royale de langue et de littérature française de Belgique. Brüssel, 10. Mai 1952. Veröffentlicht im ›Bulletin‹ der Académie (Juli 1952).

»Le dernier quart d'heure«, Textsammlung von Pierre Lhoste, ›La Table Ronde‹ (1955). Der Text von Georges Simenon findet sich auf pp. 217 bis 218.

»Lettre à Jean Cocteau« anläßlich seiner Aufnahme in die Académie française. In ›Arts‹ (Oktober 1955).

»An interview on the art of fiction« von Carvel Collins. ›The Humanities‹ No. 23, 1956. Wiederabgedruckt in dem Band *Writers at Work*, ed. by Malcolm Cowley (The Viking Press, New York 1958). Die deutsche Übersetzung des Werkes erschien unter dem Titel *Wie sie schreiben* im Sigbert Mohn Verlag, Gütersloh o. J.

»Raimu le colosse«, ›Arts‹ (18. Januar 1956).

»Un écrivain vous parle: Georges Simenon« (anonym), ›Réalités‹ (November 1961).

»Simenon se présente«, Interview von Robert Sadoul, erschienen im ›Bulletin mensuel de la Guilde du Livre‹, Lausanne (Juli, August, September 1957).

»J'ai horreur de discuter littérature«, ›Actualité littéraire‹ (April 1958).

Interview mit Georges Simenon, ›Marie France‹ (Juni 1958).

»Simenon s'interroge«, ›Arts‹ (12. November–3. Dezember 1958).

Ansprache beim Congrès de la Fédération internationale des écrivains médecins, Montreux (Mai 1962). Erschienen in ›Médecine et Hygiène‹, Genf (27. Juni 1962) sowie in den ›Nouvelles littéraires‹ (21. Juni). Enthalten in den *Œvres Complètes* Band 38.

»Le grand amour de Pierre Benoit«, ›Les nouvelles littéraires‹ (8. März 1962).

Interview mit Jean Cau, ›Le Figaro littéraire‹ (16. Februar 1963).

Interview mit Pascal Bergues, ›Lui‹ (März 1964).

»Quand Simenon et Fleming parlent métier«, ›Le Figaro littéraire‹ (9. April 1964).

»Hommage à Pierre Mac Orlan«, ›Revue des Belles Lettres‹ (Lausanne 1965).

»Mes débuts«, Brief an Georges Charensol, Chefredakteur der ›Nouvelles littéraires‹, anläßlich des Erscheinens der 2000. Ausgabe (30. Dezember 1965).

»Simenon raconte Simenon«, ›Paris-Match‹, Interview mit Gilbert Graziani (8. April 1967).

Interview mit Jacques Lanzmann, ›Lui‹ (Juni 1967).

»Les confidences de Simenon« ou le génie de la création subconsciente. Fünf Ärzte haben Georges Simenon befragt. Zusammenfassung dieser Unterhaltung in ›Médecine et Hygiène‹, Genf (5. Juni 1968).

Als Broschur auch bei Presses de la Cité (November 1968) unter dem Titel *Simenon sur le gril.*
»Simenon parle de Simenon«, ›L'Express Rhône-Alpes‹ (November 1970).
Interview mit Philippe Lifchitz. (Nach einer Fernsehsendung vom 22. Oktober 1970 im ORTF.)
Interview mit Jean Valjean, *Révolution*, Paris (10. Juli 1981).
»J'aimerais mourir en dormant«, ›Trente jours‹ (Februar 1987). Schriftliches Interview mit Pierre Merlot.

8. Übersetzungen

Die Romane von Georges Simenon erschienen in 32 Ländern und 41 Sprachen.

a) Die Länder

Argentinien, Australien, Belgien, Brasilien, Bulgarien, Ceylon, Chile, Dänemark, Deutschland, England, Finnland, Frankreich, Griechenland, Holland, Island, Israel, Italien, Japan, Jugoslawien, Neuseeland, Norwegen, Polen, Portugal, Rumänien, Schweden, Schweiz, Sowjetunion, Spanien, Südafrika, Tschechoslowakei, Ungarn, Vereinigte Staaten von Amerika.

b) Die Sprachen

Africaans, Armenisch, Buriatisch, Bulgarisch, Chilenisch, Dänisch, Deutsch, Englisch, Estnisch, Finnisch, Flämisch, (Französisch), Griechisch, Hebräisch, Isländisch, Italienisch, Japanisch, Jiddisch, Katalanisch, Kirgisisch, Litauisch, Mazedonisch, Moldauisch, Norwegisch, Polnisch, Portugiesisch, Romantsch, Rumänisch, Russisch, Schwedisch, Singhalesisch, Serbokroatisch, Slowakisch, Slowenisch, Spanisch, Tartarisch, Tschechisch, Ungarisch, Ukrainisch, Usbekisch, Weißrussisch.

c) Die deutsche Simenon-Edition

Das Gesamtwerk Georges Simenons erscheint seit 1977 in neuen, ungekürzten deutschen Übersetzungen im Diogenes Verlag. Folgende Bände sind bisher erschienen [in alphabetischer Reihenfolge nach dem jeweiligen deutschen Titel; Stand September 1988]:

Maigret-Romane und -Geschichten

Hier irrt Maigret. Roman [Maigret se trompe].
Madame Maigrets Freundin. Roman [L'amie de Madame Maigret].
Maigret und die Affäre Saint-Fiacre. Roman [L'affaire Saint-Fiacre].
Maigret amüsiert sich. Roman [Maigret s'amuse].
Maigret und die Bohnenstange. Roman [Maigret et la Grande-Perche].
Maigret beim Coroner. Roman [Maigret chez le coroner].
Maigret und die alte Dame. Roman [Maigret et la vieille dame].
Maigret und der faule Dieb. Roman [Maigret et le voleur paresseux].
Maigret und das Dienstmädchen. Roman [Félicie est là].
Maigret erlebt eine Niederlage. Roman [Un échec de Maigret].
Maigret und der Fall Nahour. Roman [Maigret et l'affaire Nahour].
Maigret bei den Flamen. Roman [Chez les Flamands].
Maigret und der hartnäckigste Gast der Welt. Erzählungen: ›Der hartnäckigste Gast der Welt‹ / Le client le plus obstiné du monde · ›Jeumont, 51 Minuten Aufenthalt!‹ / Jeumont, 51 minutes d'arrêt! · ›Die Wachstropfen‹ / Les larmes de bougie · ›Der zweifelhafte Monsieur Owen‹ / L'improbable Monsieur Owen · ›Herr Montag‹ / Monsieur Lundi · ›Man tötet arme Leute nicht‹ / On ne tue pas les pauvres types. (»On ne tue pas les pauvres types« und »Le client le plus obstiné du monde« sind dem Sammelband ›Maigret et l'inspecteur malchanceux‹ entnommen, alle anderen Erzählungen dem Band ›Les nouvelles enquêtes de Maigret‹.)
Maigret und der Gehängte von Saint-Pholien. Roman [Le pendu de Saint-Pholien].
Maigret gerät in Wut. Roman [La colère de Maigret].
Maigrets Geständnis. Roman [Une confidence de Maigret].
Maigret hat Angst. Roman [Maigret a peur].
Maigret im Haus des Richters. Roman [La maison du juge].
Maigret als möblierter Herr. Roman [Maigret en meublé].
Maigret und der gelbe Hund. Roman [L'homme au petit chien].
Maigret und sein Jugendfreund. Roman [L'ami d'enfance de Maigret].
Maigret kämpft um den Kopf eines Mannes. Roman [La tête d'un homme].
Maigret und der geheimnisvolle Kapitän. Roman [Le port des brumes].
Maigret und die Keller der Majestic. Roman [Les caves du »Majestic«].
Maigret und die schrecklichen Kinder. Roman [Maigret à l'école].
Maigret und die kleine Landkneipe. Roman [La guinguette à deux sous].
Maigret läßt sich Zeit. Roman [La patience de Maigret].
Maigret und die kopflose Leiche. Roman [Maigret et le corps sans tête].

Maigret und die alten Leute. Roman [Maigret et les vieillards].
Maigret in der Liberty Bar. Roman [Liberty Bar].
Maigret, Lognon und die Gangster. Roman [Maigret, Lognon et les gangsters].
Maigret macht Ferien. Roman [Les vacances de Maigret].
Maigret und der Mann auf der Bank. Roman [L'homme du banc].
Maigrets Memoiren. Roman [Les mémoires de Maigret].
Maigret und der Minister. Roman [Maigret chez le ministre].
Maigret und der verstorbene Monsieur Gallet. Roman [Monsieur Gallet, décédé].
Maigrets Nacht an der Kreuzung. Roman [La nuit du carrefour].
Maigret in New York. Roman [Maigret à New York].
Maigret in Nöten. Roman [L'écluse n° 1].
Maigrets Pfeife. Eine Meisterdetektivgeschichte [La pipe de Maigret].
Maigret contra Picpus. Roman [Signé Picpus].
Maigret und Pietr der Lette. Roman [Pietr-le-Letton].
Maigret regt sich auf. Roman [Maigret se fâche].
Maigret auf Reisen. Roman [Maigret voyage].
Maigret und der Samstagsklient. Roman [Le client du samedi].
Maigret und das Schattenspiel. Roman [L'ombre chinoise].
Maigret vor dem Schwurgericht. Roman [Maigret aux assises].
Maigret und der Spion. Roman [La danseuse du Gai-Moulin].
Maigret stellt eine Falle. Roman [Maigret tend un piège].
Maigret, die Tänzerin und die Gräfin. Roman [Maigret au Picratt's].
Maigret und die junge Tote. Roman [Maigret et la jeune morte].
Maigret und sein Toter. Roman [Maigret et son mort].
Maigret am Treffen der Neufundlandfahrer. Roman [Au rendez-vous des Terre-Neuvas].
Maigret und der Treidler der ›Providence‹. Roman [Le charretier de la »Providence«].
Maigrets erste Untersuchung. Roman [La première enquête de Maigret].
Maigret und das Verbrechen in Holland. Roman [Un crime en Hollande].
Maigret verliert eine Verehrerin. Roman [Cécile est morte].
Maigret und der Verrückte von Bergerac. Roman [Le fou de Bergerac].
Maigret verteidigt sich. Roman [Maigret se défend].
Maigret und die widerspenstigen Zeugen. Roman [Maigret et les témoins récalcitrants].
Maigret zögert. Roman [Maigret hésite].
Mein Freund Maigret. Roman [Mon ami Maigret].
Sechs neue Fälle für Maigret. Erzählungen: ›Der Kahn mit den beiden Erhängten‹ / La péniche aux deux pendus · ›Die Affaire vom Boulevard Beaumarchais‹ / L'affaire du boulevard Beaumarchais · ›Die alte Dame aus Bayeux‹ / La vieille dame de Bayeux · ›Das Wirtshaus zu den Ertrun-

kenen‹ / L'auberge aux noyés · ›»Etoile du Nord« – Stern des Nordens‹ / »L'Etoile du Nord« · ›Mademoiselle Berthe und ihr Geliebter‹ / Mademoiselle Berthe et son amant. [Sämtliche Erzählungen sind dem Sammelband ›Les nouvelles enquêtes de Maigret‹ entnommen.]

Die Romane und Erzählungen sowie die Kriminalgeschichten

Ankunft Allerheiligen. Roman [Le voyageur de la Toussaint].
Antoine und Julie. Roman [Antoine et Julie].
Auf großer Fahrt. Roman [Long cours].
Der Ausbrecher. Roman [L'évadé].
Bellas Tod. Roman [La mort de Belle].
Der Bericht des Polizisten. Roman [Le rapport du gendarme].
Betty. Roman [Betty].
Der große Bob. Roman [Le grand Bob].
Brief an meinen Richter. Roman [Lettre à mon juge].
Die Brüder Rico. Roman [Les frères Rico].
Der Bürgermeister von Furnes. Roman [Le bourgmestre de Furnes].
Der kleine Doktor. Drei Erzählungen: ›Der Spürsinn des kleinen Doktors‹ / Le flair du petit docteur · ›Die Dame in Hellblau‹ / La dame en bleu pâle · ›Die Spur des Rothaarigen‹ / La piste de l'homme roux. [Alle drei Erzählungen sind dem Sammelband ›Le petit docteur‹ entnommen.]
Die Eisentreppe. Roman [L'escalier de fer].
Emil und sein Schiff. Erzählungen: ›Die Revolte des Canari‹ / La révolte du Canari · ›Die Frau des Lotsen‹ / La femme du pilote · ›Monsieur Safts Schicksal‹ / Le destin de Monsieur Saft · ›Die hufeisenförmige Krawattennadel‹ / L'épingle en fer à cheval [Sämtliche Erzählungen sind dem Sammelband ›Le bateau d'Emile‹ entnommen].
Es gibt noch Haselnußsträucher. Roman [Il y a encore des noisettiers].
Die Fantome des Hutmachers. Roman [Les fantômes du chapelier].
Das Fenster der Rouets. Roman [La fenêtre des Rouet].
Die grünen Fensterläden. Roman [Les volets verts].
45° *im Schatten*. Roman [45° à l'ombre].
Das Gasthaus im Elsaß. Roman [Le relais d'Alsace].
Die Glocken von Bicêtre. Roman [Les anneaux de Bicêtre].
Die Großmutter. Roman [La vieille].
Das Haus am Kanal. Roman [La maison du canal].
Der kleine Heilige. Roman [Le petit saint].
Im Falle eines Unfalls. Roman [En cas d'un malheur].
Die Katze. Roman [Le chat].
Die Komplizen. Roman [Les complices].
Die schwarze Kugel. Roman [La boule noire].
Die Leute gegenüber. Roman [Les gens d'en face].

Der kleine Mann von Archangelsk. Roman [Le petit homme d'Archangelsk].

Der Mann aus London. Roman [L'homme de Londres].

Der Mann, der den Zügen nachsah. Roman [L'homme qui regardait passer les trains].

Der Mann mit dem kleinen Hund. Roman [L'homme au petit chien].

Der Mörder. Roman [L'assassin].

Der Neger. Roman [Le nègre].

Exotische Novellen. ›Zwischenstation in Buenaventura‹ / L'escale de Buenaventura · ›Ein Verbrechen in Gabun‹ / Un crime au Gabun · ›Der Polizist von Istanbul‹ / Le policier d'Istanbul · ›Mademoiselle Doches Untersuchung‹ / L'enquête de Mademoiselle Doche · ›Der Wüstenflug‹ / La ligne du désert. [Sämtliche Erzählungen sind dem Sammelband ›Nouvelles exotiques‹ entnommen.]

Der Outlaw. Roman [L'outlaw].

Der Passagier der Polarlys. Roman [Le passager du »Polarlys«].

Der Präsident. Roman [Le président].

Schlußlichter. Roman [Feux rouges].

Der Schnee war schmutzig. Roman [La neige était sale].

Die schwanzlosen Schweinchen. Erzählungen: ›Die schwanzlosen Schweinchen‹ / Les petits cochons sans queue · ›Bei Todesstrafe‹ / Sous peine de mort · ›Der kleine Schneider und der Hutmacher‹ / Le petit tailleur et le chapelier · ›Trauer um Fonsine‹ / Le deuil de Fonsine · ›Ein gewisser Monsieur Berquin‹ / Un certain Monsieur Berquin · ›Madame Quatre und ihre Kinder‹ / Madame Quatre et ses enfants. [Sämtliche Erzählungen sind dem Sammelband ›Maigret et les petits cochons sans queue‹ entnommen.]

Die Schwarze von Panama. Roman [Quartier nègre].

Die bösen Schwestern von Concarneau. Roman [Les demoiselles de Concarneau].

Sonntag. Roman [Dimanche].

Striptease. Roman [Strip-tease].

Das Testament Donadieu. Roman [Le testament Donadieu].

Der Tod des Auguste Mature. Roman [La mort d'Auguste].

Tropenkoller. Roman [Coup de lune].

Die Tür. Roman [La porte].

Die Überlebenden der Télémaque. Roman [Les rescapés du »Télémaque«].

Die Unbekannten im eigenen Haus. Roman [Les inconnus dans la maison].

Der Untermieter. Roman [Le locataire].

Der Verdächtige. Roman [Le suspect].

Die Verlobung des Monsieur Hire. Roman [Les fiançailles de Monsieur Hire].

Die Wahrheit über Bébé Donge. Roman [La vérité sur Bébé Donge].
Weder ein noch aus. Roman [Au bout du rouleau].
Zum Weißen Roß. Roman [Le Cheval-Blanc].
Weißer Mann mit Brille. Roman [Le blanc à lunettes].
Wellenschlag. Roman [Le Coup-de-Vague].
Die Witwe Couderc. Roman [La veuve Couderc].
Die Zeit mit Anaïs. Roman [Le temps d'Anaïs].
Die Zeugen. Roman [Les témoins].
Das blaue Zimmer. Roman [La chambre bleue].
Drei Zimmer in Manhattan. Roman [Trois chambres à Manhattan].
Der Zug. Roman [Le train].
Der Zug von Venedig. Roman [Le train de Venise].

Autobiographische Schriften

Als ich alt war. Tagebücher 1960–1963 [Quand j'étais vieux].
Brief an meine Mutter [Lettre à ma mère].
Briefwechsel mit André Gide [Correspondance André Gide–Georges Simenon].
Intime Memoiren und Das Buch von Marie-Jo [Mémoires intimes, suivies du Livre de Marie-Jo].
Ein Mensch wie jeder andere. Mein Tonband und ich [Un homme comme un autre (Mes dictées)].
Die Pfeife Kleopatras. Reportagen aus aller Welt [A la recherche de l'homme nu].
Der Roman vom Menschen [Le roman de l'homme].
Stammbaum. Pedigree. Autobiographischer Roman [Pedigree de Marc Simenon, avec le portrait de quelques oncles, tantes, cousins et amis de la famille ainsi que des anecdotes, par son Père].

Außerdem liegen vor

Drei große Romane: Der Mörder / L'assassin · *Der große Bob* / Le grand Bob · *Drei Zimmer in Manhattan* / Trois chambres à Manhattan.
Drei große Romane mit Kommissar Maigret: Maigret amüsiert sich / Maigret s'amuse · *Mein Freund Maigret* / Mon ami Maigret · *Maigret und die junge Tote* / Maigret et la jeune morte.
Gesammelte Erzählungen: ›Der Arzt von Kirkenes‹ / Le docteur de Kirkenes · ›Die Fräuleins vom Ende der Welt‹ / Les demoiselles de Queue-de-Vache · ›Der Spaßvogel von Saint-Antoine‹ / Le comique de »Saint-Antoine« · ›Der Kapitän der »Vasco«‹ / Le capitaine du »Vasco« · ›Der Morgen der drei Absolutionen‹ / Le matin des trois absoutes · ›Die Straße zu den drei Küken‹ / La rue aux trois poussins · ›Mélies Mann‹ /

Le mari de Mélie · ›Mit vollen Händen‹ / Les mains pleines · ›Annette und die blonde Dame‹ / Annette et la dame blonde · ›Das Verbrechen des Unliebenswürdigen‹ / Le crime du Malgracieux · ›Trauer um Fonsine‹ / Le deuil de Fonsine · ›Die Fährte des Holländers‹ / La piste du Hollandais · ›Der Schiffbruch des »Eisschranks«‹ / Le naufrage de »l'armoire à glace«. [Sämtliche Erzählungen sind dem Sammelband ›La rue aux trois poussins‹ entnommen.]

Das Simenon-Lesebuch. Ein Querschnitt durch das Gesamtwerk (u. a. ›Briefwechsel mit André Gide‹ / Correspondance André Gide–Georges Simenon und ›Brief an meine Mutter‹ / Lettre à ma mère. Mit Chronik und Bibliographie).

Maigret-Geschichten: ›Der Mann auf der Straße‹ / L'homme dans la rue · ›Die Versteigerung‹ / Vente à la bougie · ›Maigrets Pfeife‹ / La pipe de Maigret · ›Maigret und Inspektor Griesgram‹ / Maigret et l'inspecteur Malgracieux · ›Die Aussage des Ministranten‹ / Le témoignage de l'enfant de chœur · ›Maigrets Weihnachtsfest‹ / Un noël de Maigret [»L'homme dans la rue« und »Vente à la bougie« sind dem Sammelband ›Maigret et les petits cochons sans queue‹ entnommen, »Maigret se fâche« erschien zusammen mit »La pipe de Maigret« in *Maigret se fâche*, »Maigret et l'inspecteur Malgracieux« und »Le témoignage de l'enfant de chœur« beide in dem Sammelband ›Maigret et l'inspecteur Malchanceux‹].

Simenon-Meistererzählungen: ›Maigret und Inspektor Griesgram‹ / Maigret et l'inspecteur Malgracieux · ›Der Arzt von Kirkenes‹ / Le docteur de Kirkenes · ›Trauer um Fonsine‹ / Le deuil de Fonsine · ›Die Aussage des Ministranten‹ / Le témoignage de l'enfant de chœur · ›Der Kapitän der »Vasco«‹ / Le capitaine du »Vasco« · ›Mélies Mann‹ / Le mari de Mélie · ›Die Versteigerung‹ / Vente à la bougie · ›Der Schiffbruch des »Eisschranks« ‹ / Le naufrage de »l'armoire à glace« · ›Das Verbrechen des Unliebenswürdigen‹ / Le crime du malgracieux · ›Maigrets Pfeife‹ / La pipe de Maigret · ›Die Straße zu den drei Küken‹ / La rue aux trois poussins. [»Maigret et l'Inspecteur Malgracieux« und »Le témoignage de l'enfant de chœur« sind dem Sammelband ›Maigret et l'Inspecteur Malchanceux‹ entommen, »Vente à la bougie« dem Sammelband ›Maigret et les petits cochons sans queue‹, alle anderen Erzählungen sind dem Sammelband ›La rue aux trois poussins‹ entnommen.]

Über Simenon. Essays, Aufsätze und Zeugnisse von André Gide bis Alfred Andersch.

Weihnachten mit Maigret. Zwei Romane und eine Erzählung: *Maigret und der Weinhändler.* Roman / Maigret et le marchand de vin · ›Weihnachten mit Maigret‹. Erzählung / Un noël de Maigret · *Maigret hat Skrupel.* Roman / Les scrupules de Maigret.

9. *Auswahlbibliographie von Werken und Aufsätzen über Georges Simenon*

Robert Brasillach: »Le phénomène Simenon«, in ›Les Quatre Jeudis‹. Les Sept Couleurs, Paris (1944).

Carlo Bronne: »Simenon académicien«, ›La Revue des Deux Mondes‹ (15. Mai 1952).

Id.: *Discours à Simenon*. Presses de la Cité, Paris (1952).

J.-C. Casals: *Simenon en su obra y en la vida*, Editorial Aldor, Barcelona (1957).

Léon Chenoy: »Propos sur Simenon.« In ›Thyrse‹, N° 1 (1952).

Henri Clouard: *Histoire de la Littérature française, du symbolisme à nos jours*. Band II, S. 325–326. Albin Michel (1962).

Fernand Desonay: »Georges Simenon romancier et académicien.« In ›La Revue générale belge‹ (1952).

Maurice Dubourg: *Petite Géographie de Simenon*, Fenêtre ouverte, Brüssel (1960).

Hugh Eames: »Jules Maigret – Georges Simenon.« In *Sleuths, Inc. Studies of Problem Solvers*, Lippincott, Philadelphia/New York (1978).

Bernard de Fallois: *Simenon*. Mit Texten von Henry Miller, Maurice de Vlaminck, Jean Cocteau, Paul Morand und Jean Renoir.
Ausführliche Bibliographie und Filmographie, Gallimard, Paris (1971).

Frederick Franck: *Le Paris de Simenon*, Dessart, Brüssel (1969).

Edward L. Galligan: »Simenon's Mosaic of Small Novels.« In ›South Atlantic Quarterly‹ (Herbst 1967).

Claudine Gothot-Mersch [et al.]: *Lire Simenon: réalité, fiction, écriture*, Fernand Nathan/Editions Labor, Brüssel (1980).

Miron Grindea: Artikel über Simenon in der *Encyclopaedia Britannica* (1969).

C. Hanlet: »Simenon et le roman policier.« In ›La Revue générale belge‹ (Januar 1952).

Gilles Henry: *Commissaire Maigret, qui êtes-vous?* Plon, Paris (1977).

Marcel Hicter: »Un dimanche avec Simenon.« In ›Synthèses‹ (April 1952).

Patricia Highsmith: »Miss Maigret.« In ›London Review of Books‹ (4.–17. Oktober 1984)

Ferendoun Hoveyda: »On demande l'inspecteur Maigret.« In *Petite Histoire du Roman policier*, Editions du Pavillon, Paris (1959).

Jean Jour: *Simenon et »Pedigree«*. Editions de l'Essai, Lüttich/Brüssel/Paris (1963).

René Kaech: »Figures de médecins.« In *La Littérature contemporaine*, Editions Médecine et Hygiène, Genf (1959).

Robert Kanters: »Simenon, l'anti-Balzac.« In ›Le Figaro littéraire‹, Paris (18. Mai 1963).
Francis Lacassin/Gilbert Sigaux: *Simenon*. Texte, Zeugnisse und Bibliographie. Erstveröffentlichung des vollständigen Briefwechsels zwischen Georges Simenon und André Gide, Plon, Paris (1973).
Michel Lemoine: *Index des personnages de Georges Simenon*. Vorwort von Maurice Piron, Editions Labor, Brüssel (1985).
Cecil Day Lewis: »Simenon.« In ›The New York Times Book Review‹ (12. November 1967).
Claude Mauriac: »Georges Simenon et le secret des hommes.« In *La Littérature contemporaine*, Albin Michel, Paris (1958). Seither zahlreiche Artikel, besonders in ›L'Express‹.
Claude Menguy: *»Bibliographies des Editions originales de Georges Simenon, y compris les œvres publiés sous pseudonymes.«* In ›Le Livre et l'Estampe‹ N°s 49–50, Brüssel (1967).
Marcel Moré: »Simenon et l'enfant de chœur.« In ›Dieu vivant‹ (1951).
Thomas Narcejac: *Le Cas Simenon*. Presses de la Cité, Paris (1950).
André Parinaud: *Connaissance de Georges Simenon*, Band 1, Presses de la Cité, Paris (1957). Keine weiteren Bände erschienen.
Maurice Piron/Michel Lemoine: *L'Univers de Simenon*: Guide des romans et nouvelles (1931–1972) de Georges Simenon. Presses de la Cité, Paris (1983).
Robert Poulet: »Georges Simenon.« In ›La Lanterne Magique‹ (1955).
John Raymond: *Simenon in Court, a study*, Hamish Hamilton, London (1968).
Anne Richter: *Georges Simenon et l'Homme désintégré*, La Renaissance du Livre, Brüssel (1964).
Quentin Ritzen: *Simenon, avocat des hommes*. Vorwort von Gilbert Sigaux, Le Livre contemporain (1961).
Claude Roy: *L'Homme en question*, Gallimard, Paris (1960), S. 282–287.
Gilbert Sigaux: Vorwort zu *Coup de lune*, Club français du Livre, Paris (1955).
ders.: Editorische Notizen zu den *Œvres Complètes*, Editions Rencontre, Lausanne (1967–1970).
Georges Simenon: *Simenon*, avec un entretien inédit de Georges Simenon, L'Age d'Homme, Lausanne (1980).
Roger Stéphane: *Le dossier Simenon*, Robert Laffont, Paris (1961).
Léon Thoorens: »Georges Simenon romancier de la piste inutile.« In ›La Revue générale belge‹ (15. März 1954).
ders.: *Qui êtes-vous Monsieur Simenon?* Editions Gérard, Brüssel (1959).
N.J. Tremblay: »Simenon's Psychological ›Westerns‹.« In ›Arizona Quarterly‹ N° 3 (Herbst 1954).
Pol Vandromme: *Georges Simenon*, »Portraits« N° 2, Brüssel (1962).

Henrik Veldman: La tentation de l'inaccessible. Structures narratives chez Simenon, Rodopi, Amsterdam (1981).

Trudee Young: *Georges Simenon*: a checklist of his »Maigret« and other mystery novels and short stories in French and English translations, Scarecrow Press Metuchen/Mew Jersey (1976).

Zeitschriften-Sondernummern:

a) ›Les Cahiers du Nord‹, N°s 2–3, Charleroi (1939). Texte von André Gide, Jean Cassou, Max Jacob, Vlaminck, René Lalou, André Thérive, Pierre Mille, A. de Monzie, Raymond Escholier, Henri Lavedan, G. W. Stonier und Nestor Miserez (Hrsg. der Zeitschrift).

b) ›Adam‹, International Review, published by the University of Rochester (Rochester, N. Y.). N°s 328–330 (1969). Artikel von Miron Grindea, Herausgeber von ›Adam‹, George Cirella, Zeugnisse von Agatha Christie, J. B. Priestley, Cecil Day Lewis, Storm Jameson, C. P. Snow, Henry Miller, Pamela Handford Johnson, Raymond Mortimer, Jean Cassou, Georg Svenson, Harold Hobson. Dazu Texte von Rayner Heppenstall, John Raymond, Thérèse de Saint-Phalle, Ivan Harrie, Eléonore Schreiber. »Bibliographie, filmographie et adaptations théâtrales de Georges Simenon«, von Claude Menguy. Faksimilierte Briefe von: Hermann von Keyserling, Jean Cocteau, Henry Miller und Georges Simenon. Englischer Text von Georges Simenon: »A novelist is a man who writes novels: I insist on the S.« Briefe von André Gide an Georges Simenon. (N. B. in den Nr. 340–342 [1970] derselben Zeitschrift erschien von Richard Austin: »Simenon's Maigret and Alfred Adler.«)

c) ›Magazine Littéraire‹ N° 107 (Dezember 1975). Artikel von Claude Menguy, Francis Lacassin, Gilles Costaz, Jean-Didier Wolfromm. Mit einer bisher unveröffentlichten Novelle von Georges Simenon.

10. Deutschsprachige Arbeiten über Georges Simenon

Hans Altenhein: »Ein Traum von Maigret.« In: Jochen Vogt (Hrsg.), *Der Kriminalroman*.

ders.: »Als ich alt war.« In ›Merkur‹ Nr. 348, München (1977).

Jürg Altwegg: »Der Goethe der schweigenden Mehrheit. Georges Simenon: Ein Romancier auf der Suche nach dem nackten Menschen.« In ›Die Zeit‹ Nr. 15, Hamburg (2. April 1976).

ders.: »Literatur des Gemeinplatzes.« In ›Basler Zeitung, Magazin‹ (12. März 1977).

ders.: »Glückwunsch, Monsieur Maigret. Eine Figur der Weltliteratur

wird fünfzig.« In ›Tages-Anzeiger Magazin‹, Zürich (10. November 1979).
ders.: »Alles Malerische ist mir fremd.« In ›Brückenbauer‹, Zürich (20. Februar 1981).
Jean Améry: »Das fleißige Leben des Georges Simenon. Diesseits und jenseits von Kommissar Maigret.« In ›Westermanns Monatshefte‹, Jg. 106, H. 7 (Juli 1965).
Alfred Andersch: »Simenon und das Klassenziel.« In ›Die Weltwoche‹, Zürich (29. April 1966). Wiederabgedruckt in ders.: *Norden Süden, rechts und links*, Diogenes, Zürich (1972).
F. B.: »Ein Balzac unserer Tage. Das Wunder Simenon zwischen Literatur und Gebrauchsliteratur.« In ›Der Monat‹, 106 (Juli 1957).
Günter Blöcker: »Maigret und Non-Maigret.« In ›Frankfurter Allgemeine Zeitung‹ (21. April 1979).
Hans-Christoph Blumenberg: »Der Mensch ist niemals schuldig.« In ›Die Zeit‹, Hamburg (12. November 1982).
Pierre Boileau/Thomas Narcejac: *Der Detektivroman*. Aus dem Französischen und mit Anmerkungen und einer Bibliographie von Wolfgang Promies. Luchterhand, Neuwied/Berlin (1967), S. 124–126 u. ö.
François Bondy: »Der Proteus am Schreibtisch. Ein Autor lebt in hundert Gestalten.« In ›Deutsche Zeitung Düsseldorf‹ (23. Juni 1978).
ders.: »Das Wunder Simenon. Ein Balzac unserer Tage?« In ›Der Monat‹ Nr. 106 (Juli 1957).
Fenton S. Bresler: *Auf der Suche nach dem nackten Menschen*. Biographie. Kabel Verlag, Hamburg (1985).
Karlheinz Dederke: »Simenon auf der Suche nach sich selbst.« In ›Der Tagesspiegel‹, Berlin (7. November 1982).
Maria Ehing: »Der französische Kriminalroman und einer seiner hervorragendsten Vertreter: Georges Simenon.« In ›Das Buch‹ II, Nr. IX (1950).
Nino Erné: »Die Wechseljahre eines Autors.« In ›Die Welt‹, Hamburg (4. Juni 1977).
ders.: »André Gide gebeichtet.« ebenda (9. Juli 1977).
ders.: »Das Geheimnis Georges Simenon.« ebenda (3. März 1979).
Helmut Heißenbüttel: *Über Literatur*. Walter Verlag, Olten (1966), S. 106ff.
Georg Hensel: »Maigret und der Himbeergeist.« In ›Die Weltwoche‹ Nr. 17, Zürich (28. April 1976).
ders.: »Der andere Georges Simenon.« In ›Frankfurter Allgemeine Zeitung‹ (29. März 1977).
Hans-Ludwig Krechel: *Strukturen des Vokabulars in den Maigret-Romanen Georges Simenons*. Lang, Frankfurt a. M/Bern (1982).
Martin Meyer: »Simenon.« In ›Neue Zürcher Zeitung‹ (5./6. März 1977).

Nicolas Neumann: »Mit Morden überleben.« In ›Stern‹, Hamburg (29. September 1977).
Luke Parsons: »Simenon und Chandler.« In ›Contemporary Review‹ Nr. 167 (1960).
Claudia Schmölders/Christian Strich (Hrsg.): *Über Simenon.* Zeugnisse und Essays von André Gide bis Alfred Andersch. Mit einem Interview, Chronik und Bibliographie. Diogenes (detebe 20499), Zürich (1978).
Erhard Schütz: »Simenon spricht zu euch ... Verbrechen als Verbrechensdichtung.« In ›Frankfurter Rundschau‹ (29. Oktober 1977).
Julian Symons: *Am Anfang war der Mord.* Wilhelm Goldmann, München (1972), S. 147 ff.
Ira Tschimmel: *Kriminalroman und Gesellschaftsdarstellung.* Eine vergleichende Untersuchung zu Werken von Christie, Simenon, Dürrenmatt und Capote. Bouvier, Bonn (1979).
Jochen Vogt (Hrsg.): *Der Kriminalroman.* Zur Theorie und Geschichte einer Gattung. 2 Bde. UTB/BRO/Wilhelm Fink Verlag, München (1971).
Wilfried Wiegand: »Simenon der Große.« In ›Frankfurter Allgemeine Zeitung, Magazin‹ (15. Oktober 1982).
Jürgen Wolf: »Technik der Schilderung und des Romanaufbaus bei Georges Simenon.« In ›Die neueren Sprachen‹, 41 (1969).

Filmographie

1932 *La nuit du carrefour*. Regie: Jean Renoir.
Mit Pierre Renoir (Maigret), Winna Windfried, Georges Koudria, Georges Térof, André Dignimont, Jean Gehret, Michel Duran, Jean Mitry, Robert Dalban, Boulicot, Raabi, Jeanne Pierson, Lucie Vallat, Odette Talazac.

1932 *Le chien jaune*. Regie: Jean Tarride.
Mit Abel Tarride (Maigret), Robert Le Vigan, Rolla Norman, Rosine Déréan, Lepers, Gildès, Jean Gobet, Paul Azaïs, Sylvette Fillacier.

1933 *La tête d'un homme*. Regie: Julien Duvivier.
Mit Harry Baur (Maigret), Inkijinoff, Alexandre Rignault, Gaston Jacquet, Henri Echourin, Marie Bourdel, Louis Gauthier, Gina Manès, Line Noro, Missia, Damia.

1941 *Les inconnus dans la maison*. Regie: Henri Decoin.
Mit Raimu, Juliette Faber, André Reybaz, Héléna Manson, Gabrielle Fontan, Mouloudji, Jean Tissier, Marc Doelnitz, Tania Fédor, Jacques Baumer, Noël Roquevert, Marguerite Ducouret, Jacques Grétillat, Lucien Coëdel, Raymond Cordy, Genia Vaury, Arthur Devère, Jacques Denoël, Pierre Ringel, André Brunot.

1941 *La maison des sept jeunes filles*. Regie: Albert Valentin.
Mit Marianne Hardy, Josette Daydé, Geneviève Beau, Solange Delporte, Primerose Perret, Gaby Andreu, Jacqueline Bouvier (die sieben jungen Mädchen), André Brunot, Jean Tissier, Jean Paqui, Jean Rigaux, René Bergeron, Marguerite Deval, Germaine Sainval.

1941 *Annette et la dame blonde*. Regie: Jean Dréville.
Nach der Erzählung, die im Januar–Februar 1941 in *Pour Elle* erschien und 1963 in der Sammlung *La rue aux trois poussins* wiederabgedruckt wurde. Mit Louise Carletti, Henry Garat, Mona Goya, Georges Rollin, Simone Valère, Rosine Luguet, Rexiane, Georges Chamarat.

1942 *Le voyageur de la Toussaint*. Regie: Louis Daquin.
Mit Assia Noris, Jean Desailly, Jules Berry, Simone Valère, Gabrielle Dorziat, Roger Karl, Guillaume de Sax, Alexandre Rignault, Louis Seigner, Marguerite Ducouret, Mona Dol, Christiane Ribes, Serge Reggiani, Hubert Prélier, Jacques Castelot, Martial Rèbe.

1943 *Monsieur la Souris.* Regie: Georges Lacombe.
Mit Raimu, Aimé Clariond, Charles Granval, Gilbert Gil, Aimos, René Bergeron, Paul Amiot, Pierre Jourdan, Micheline Francey, Marie Carlot, Emile Genevois.

1943 *Les gens d'en face.* (Italienischer Film.)

1943 *Picpus.* Regie: Richard Pottier.
Nach *Signé Picpus.*
Mit Albert Préjean (Maigret), Jean Tissier, Alcide Delmont, Juliette Faber, Guillaume de Sax, Gabriello, Noël Roquevert, Antoine Balpêtré, Pierre Palau, Henri Vilbert, Colette Régis, Gabrielle Fontan, Maximilienne, Héléna Manson, Marguerite Ducouret, Sinoël, Huguette Vivier.

1943 *L'homme de Londres.* Regie: Henri Decoin.
Mit Fernand Ledoux, Suzy Prim, Jules Berry, Héléna Manson, Jean Brochard, Gaston Modot, René Génin, Mony Dalmès, Blanche Montel, Marcelle Monthil.

1943 *Cécile est morte.* Regie: Maurice Tourneur.
Mit Albert Préjean (Maigret), Santa Relli, Jean Brochard, Germaine Kerjean, Gabriello, Liliane Maigne, Luce Fabiole, Yves Deniaud, Marcel Carpentier, Marcel Raine, Marcel André, Henri Bonvallet, Henri Vilbert, Maurice Salabert, Charles Blavette.

1945 *Les caves du Majestic.* Regie: Richard Pottier.
Mit Albert Préjean (Maigret), Suzy Prim, Denise Grey, Jean Marchat, Jacques Baumer, Denise Bosc, René Génin, Charpin, Gabriello, Gina Manès, Florelle, Marcel Levesque.

1947 *Panique.* Regie: Julien Duvivier.
Adaption und Dialoge: Charles Spaak.
Nach *Les fiançailles de Monsieur Hire.*
Mit Michel Simon, Viviane Romance, Paul Bernard, Lucas Gridoux, Max Dalban, Lita Recio, Jeny Leduc, Michèle Auvray, Josiane Dorée, Suzanne Després.

1947 *Dernier refuge.* Regie: Marc Maurette.
Nach *Le Locataire.*
Mit Raymond Rouleau, Mila Parély, Gisèle Pascal, Jean Max, Noël Roquevert, Tramel, Marcelle Monthil.

1948 *Le port de la tentation.* (Englischer Film. Originaltitel: *Temptation Harbour.*) Regie: Lance Confort.
Nach *L'homme de Londres*, englisch unter dem Titel *Newhaven-Dieppe.*
Mit Robert Newton, Simone Simon, William Hartnell, Marcel Dalio, Margaret Barton, Ed. Rigby, Joan Hopkins.

1948 *Home-Town* (in England).
Nach *Faubourg.*

1948 *L'homme de la Tour Eiffel.* (Französisch-amerikanischer Film. Originaltitel: *The Man of the Eiffel Tower.*)
Regie: Burgess Meredith und M. Allen.
Nach *La tête d'un homme.* Mit Charles Laughton (Maigret), Franchot Tone, Robert Hutton, Bill Phibbs, Joan Wallace, Patricia Roc, Belita und Burgess Meredith.

1950 *La Marie du port.* Regie: Marcel Carné.
Mit Jean Gabin, Blanchette Brunoy, Nicole Courcel, Louis Seigner, Marie Marken, Claude Romain, Julien Carette.

1951 *La vérité sur Bébé Donge.* Regie: Henri Decoin.
Mit Danielle Darrieux, Jean Gabin, Daniel Lecourtois, Claude Génia, Gabrielle Dorziat, Jacqueline Porel, Gaby Bruyère, Jacques Castelot, Marcel André, Madeleine Lambert, Juliette Faber, Meg Lemonnier, A. Kristensen.

1952 *Paris-Express.* (Amerikanischer Film. Originaltitel: *The Man Who Watched The Trains Go By.*) Regie: Harold French.
Nach *L'homme que regardait passer les trains.*
Mit Claude Rains, Marta Toren.

1952 *Brelan d'As.* Regie: Henri Verneuil.
Film in Episoden, darunter eine Adaption von *Témoignage de l'enfant de chœur.*
Mit Michel Simon (Maigret) und Christian Fourcade.

1952 *Le fruit défendu.* Regie: Henri Verneuil.
Nach *Lettre à mon juge.*
Mit Fernandel, Claude Nollier, Françoise Arnoul, Sylvie, Raymond Pellegrin, René Génin, Jacques Castelot, Fernand Sardou, Pierrette Bruno.

1952 *La neige était sale.* Regie: Luis Saslavsky.
Mit Daniel Gélin, Valentine Tessier, Daniel Ivernel, Marie Mansart, Vera Norman, Nadine Basile, Antoine Balpêtré.

1955 *Maigret dirige l'enquête.* Regie: Stany Cordier.
Film in Episoden, darunter eine Adaption von *Cécile est morte.*
Mit Maurice Manson (Maigret), Peter Walker, Svetlana Pitoëff.

1956 *Le sang à la tête.* Regie: Gilles Grangier.
Nach *Le fils Cardinaud.*
Mit Jean Gabin, Renée Faure, Paul Frankeur, Georgette Anys, Monique Mélinand.

1957 *The Brothers Rico.* (Amerikanischer Film.) Regie: Phil Karlson.
Nach *Les frères Rico.*
Mit Richard Conte, Diana Foster, Kathryn Grant.

1957 *Le fond de la bouteille.* (Amerikanischer Film.) Regie: Henry Hathaway.
Mit Van Johnson, Joseph Cotten, Margaret Hays, R. Roman.

1958 *Le passager clandestin.* (Französisch-australischer Film.) Regie: Ralph Habib.
Mit Martine Carol, Serge Reggiani, Arletty.

1958 *Maigret tend un piège.* Regie: Jean Delannoy.
Mit Jean Gabin (Maigret), Annie Girardot, Jean Desailly, Lucienne Bogaërt, Guy Decomble, Hubert de Lapparent, Paulette Dubost, Roger Lannes, Jeanne Boitel, Alfred Adam, Jean Debucourt, Gérard Séty, Olivier Hussenot, Jean Tissier, Jane Marken, André Valmy, Lino Ventura, Dominique Page, Maurice Sarfati, Raphaël Patorni, Nadine Basile.

1958 *En cas de malheur.* Regie: Claude Autant-Lara. Adaption und Dialoge: Jean Aurenche und Pierre Bost.
Mit Jean Gabin, Brigitte Bardot, Edwige Feuillère, Franco Interlenghi, Julien Bertheau, Nicole Berger, Mathilde Casadesus, Madeleine Barbulée, Jacques Clancy, Annick Allières, Gabrielle Fontan.

1959 *Maigret et l'affaire Saint-Fiacre.* Regie: Jean Delannoy.
Nach *L'affaire Saint-Fiacre.*
Mit Jean Gabin (Maigret), Valentine Tessier, Michel Auclair, Robert Hirsch, Marcel Pérès, Paul Frankeur, Michel Vitold, Jacques Morel.

1959 *Le baron de l'écluse.* Regie: Jean Delannoy.
Mit Jean Gabin, Micheline Presle, Jean Desailly, Jacques Castelot, Blanchette Brunoy, Alexandre Rignault, Jean Constantin, Jacques Hilling, Robert Dalban, Louis Seigner, J.-P. Jaubert.

1960 *Simenon, arbre à romans.* (Schweizerischer Film.) Regie: Jean-François Hauduroy. Film-Reportage, gedreht in Echandens. Mit Michel Simon in der Rolle des »Président« für eine Teilverfilmung des Romans.

1961 *La mort de Belle.* Regie: Edouard Molinaro. Adaption und Dialog: Jean Anouilh.
Mit Jean Desailly, Alexandra Stewart, Monique Mélinand, Yvette Etievant, Jacques Monod, Marc Cassot, Yves Robert, Maurice Teynac.

1961 *Le président.* Regie: Henri Verneuil. Adaption von Maurice Druon.
Mit Jean Gabin, Bernard Blier, Alfred Adam, Renée Faure.

1962 *Le bateau d'Emile.* Regie: Denys de La Patellière. Adaption und Dialog von Michel Audiard.
Mit Lino Ventura, Annie Girardot, Michel Simon, Pierre Brasseur.

1963 *L'aîné des Ferchaux.* Regie: Jean-Pierre Melville. Adaption und Dialog vom Regisseur.

Mit J.-P. Belmondo, Charles Vanel, Michèle Mercier, Andrex, André Certes, Barbara Sommers.

1963 *Maigret voit rouge.* Regie: Gilles Grangier.
Nach *Maigret, Lognon et les gangsters.*
Mit Jean Gabin (Maigret), Françoise Fabian, Vittorio Sampoli, Marcel Bozzufi, Paulette Dubost, Armontel, Guy Decomble, Paul Carpentier, Edouard Meers, Ricky Cooper.

1965 *Trois chambres à Manhattan.* Regie: Marcel Carné.
Mit Maurice Ronet, Annie Girardot, Roland Lesaffre, O. E. Hasse, Gabriel Ferzetti.

1967 *Le commissaire Maigret à Pigalle.* (Italienischer Film. Originaltitel: *Maigret à Pigalle.*)
Nach *Maigret au Picratt's.*
Mit Gino Cervi (Maigret), Lila Kedrova, Alfred Adam, Raymond Pellegrin.

1967 *Les inconnus dans la maison.* (Englischer Film. Originaltitel: *Stranger In The House.*) Regie: Pierre Rouve.
Mit Géraldine Chaplin, James Mason, Bobby Darin.

1968 *Maigret fait mouche.* (Österreichischer Film. Originaltitel: *Maigret und sein größter Fall.*) Regie: Alfred Weidenmann.
Nach *La danseuse du Gai-Moulin.*
Mit Heinz Rühmann (Maigret).

1971 *Le chat.* Regie: Pierre Granier-Deferre.
Mit Simone Signoret, Jean Gabin.

1971 *La veuve Couderc.* Regie: Pierre Granier-Deferre.
Mit Alain Delon, Simone Signoret.

1973 *Le train.* Regie: Pierre Granier-Deferre.
Mit Jean-Louis Trintignant, Romy Schneider.

1974 *L'horloger d'Everton.* Regie: Bertrand Tavernier.
Mit Philippe Noiret, Jean Rochefort, Jacques Denis, Silvain Rougerie, Andrée Tainsy.

1980 *L'Etoile du Nord.* Regie: Pierre Granier-Deferre.
Nach *Le locataire.*
Mit Simone Signoret, Philippe Noiret, Fanny Cottençon.

1982 *Les fantômes du chapelier.* Regie: Claude Chabrol.
Mit Michel Serrault, Charles Aznavour, Monique Chaumette, Aurore Clément, Isabelle Sadoyan.

1983 *Equateur.* Regie und Musik: Serge Gainsbourg. Nach *Coup de lune.*
Mit Francis Huster, Barbara Sukowa, Jean Bouise.

Theater-Bearbeitungen[1]

a) Stücke

Quartier nègre. Stück in drei Akten und sieben Bildern von Georges Simenon nach dem gleichnamigen Roman. Musik von Maurice Jaubert. Bühnenbild von R. Moulaert. Schauspieler: Jean-Pierre Aumont, Mayomi, Max Péral, Jean Croisier, etc. Premiere: Brüssel, Théâtre Royal des Galeries Saint-Hubert, 3. Dezember 1936 (bis zum 22. 12.).

Le pavillon d'Asnières. Stück in drei Akten, nach *La nuit de sept minutes.* Adaption von Charles Méré und Robert Ancelin. Premiere: Paris, Théâtre de la Porte Saint-Martin, 12. April 1943.

La neige était sale. Stück in drei Akten von Georges Simenon und Frédéric Dard. Regie von Raymond Rouleau. Schauspieler: Raymond Rouleau, Daniel Gélin, Lucien Bogaërt. Premiere: Paris, Théâtre de l'Œuvre, 12. Dezember 1950.

Liberty Bar. Kriminalkomödie in drei Akten von Frédéric Valmain, nach dem gleichnamigen Roman von Georges Simenon. Regie von Jean Dejoux, mit Jean Morel als Maigret, Rellys, Georgette Anys, Frédéric Valmain, Mary Morgan. Kreiert in Paris im Théâtre Charles-de-Rochefort, am 17. Oktober 1955.

Le flair du petit docteur. England, 1956 *(The Man Who Ran Away).*

Liberty Bar. Adaption von Giorgio Bandini. Premiere: Rom, 22. Oktober 1959.

Les scrupules de Maigret. Adaption von Charles Regnier. Premiere: Zürich 1960.

Maigret se trompe. Stück in drei Akten. Adaption von Arturo Rigel. Premiere: Madrid 1960.

b) Ballett

La chambre. Musik von Georges Auric, Bühnenbild von Bernard Buffet. Choreographie von Roland Petit. Erstaufführung in Paris, Théâtre des Champs-Elysées, 21. Dezember 1955.

1 Die Hörfunk- und Fernsehadaptionen sind zu zahlreich, um hier einzeln aufgeführt zu werden.

Georges Simenons Lieblingsautoren im Diogenes Verlag

Michel de Montaigne
Essais
In Vorbereitung

William Shakespeare
Dramatische Werke in 10 Bänden

Johann Wolfgang Goethe
Faust
Die Leiden des jungen Werther
Gedichte I
Gedichte II
Liebesgedichte

Stendhal
Armance
Roman
Rot und Schwarz
Roman
Die Äbtissin von Castro
Kurzgeschichten
Lucian Leuwen
Romanfragment
Die Kartause von Parma
Roman
Amiele
Romanfragment
Über Stendhal
Materialien

Honoré de Balzac
Die großen Romane und Erzählungen in 12 Bänden
Das Leben des Honoré Balzac
Eine Biographie von André Maurois

Jules Verne
Die Hauptwerke in 25 Bänden
Weitere Bände in Vorbereitung

Nikolai Gogol
Die toten Seelen
Roman

Fjodor Dostojewskij
Meistererzählungen

Anton Čechov
Größte nichtrussische Werkausgabe in 26 Bänden
Das Čechov Lesebuch
Über Čechov
Anton Čechov. Sein Leben in Bildern
Tagebücher, Notizbücher
Denken mit Čechov

Charles Dickens
Ausgewählte Romane und Geschichten in 7 Bänden
Ein Weihnachtslied in Prosa
Charles Dickens
Ein Essay von George Orwell

Herman Melville
Moby Dick
Roman

Mark Twain
Gesammelte Werke in 5 Bänden in Kassette
Tom Sawyers Abenteuer
Roman
Huckleberry Finns Abenteuer
Roman
Kannibalismus auf der Eisenbahn
Erzählungen

Der gestohlene weiße Elefant
Erzählungen

Die Eine-Million-Pfund-Note
Erzählungen

Der Prinz und der Bettelknabe
Erzählung

Adams Tagebuch / Die romantische Geschichte der Eskimomaid
Zwei Liebesgeschichten

Robert L. Stevenson

Werke in 12 Bänden

Joseph Conrad

Lord Jim
Roman

Der Geheimagent
Eine einfache Geschichte

Herz der Finsternis
Erzählung

William Faulkner

Werke, Briefe und Materialien in 29 Bänden

Federico Fellini

Werkausgabe der Drehbücher und Schriften in bisher 17 Bänden

Literarische Thriller im Diogenes Verlag

● Margery Allingham

Die Handschuhe des Franzosen. Kriminalgeschichten. Aus dem Englischen von Peter Naujack. Zeichnungen von Georges Eckert detebe 20929
Trau keiner Lady. Roman. Deutsch von Gerd van Bebber. detebe 21567
Gefährliches Landleben. Roman. Deutsch von Brigitte Mentz. detebe 21568
Süße Gefahr. Roman. Deutsch von Peter Fischer. detebe 21569
Judaslohn. Roman. Deutsch von Edith Walther. detebe 21570

● Eric Ambler

Die Maske des Dimitrios. Roman. Aus dem Englischen von Mary Brand und Walter Hertenstein. detebe 20137
Der Fall Deltschev. Roman. Deutsch von Mary Brand und Walter Hertenstein detebe 20178
Eine Art von Zorn. Roman. Deutsch von Susanne Feigl und Walter Hertenstein detebe 20179
Schirmers Erbschaft. Roman. Deutsch von Harry Reuß-Löwenstein, Th. A. Knust und Rudolf Barmettler. detebe 20180
Die Angst reist mit. Roman. Deutsch von Walter Hertenstein. detebe 20181
Der Levantiner. Roman. Deutsch von Tom Knoth. detebe 20223
Waffenschmuggel. Roman. Deutsch von Tom Knoth. detebe 20364
Topkapi. Roman. Deutsch von Elsbeth Herlin. detebe 20536
Schmutzige Geschichte. Roman. Deutsch von Günter Eichel. detebe 20537
Das Intercom-Komplott. Roman. Deutsch von Dietrich Stössel. detebe 20538
Besuch bei Nacht. Roman. Deutsch von Wulf Teichmann. detebe 20539
Der dunkle Grenzbezirk. Roman. Deutsch von Walter Hertenstein und Ute Haffmans. detebe 20602
Ungewöhnliche Gefahr. Roman. Deutsch von Walter Hertenstein und Werner Morlang detebe 20603
Anlaß zur Unruhe. Roman. Deutsch von Franz Cavigelli. detebe 20604
Nachruf auf einen Spion. Roman. Deutsch von Peter Fischer. detebe 20605
Doktor Frigo. Roman. Deutsch von Tom Knoth. detebe 20606
Bitte keine Rosen mehr. Roman. Deutsch von Tom Knoth. detebe 20887
Mit der Zeit. Roman. Deutsch von Hans Hermann. detebe 21054

● Gavin Black

Ein Drachen zum Fest. Roman. Aus dem Englischen von Matthias Fienbork. detebe 21560

● Peter Bradatsch

Waschen, Schneiden, Umlegen. Ein Dutzend Kriminalgeschichten. detebe 21272

● John Buchan

Die neununddreißig Stufen. Roman. Aus dem Englischen von Marta Hackel. Mit Zeichnungen von Edward Gorey detebe 20210
Grünmantel. Roman. Deutsch von Marta Hackel. Mit Zeichnungen von Topor detebe 20771
Mr. Standfast oder Im Westen was Neues Roman. Deutsch von Marta Hackel. Mit Zeichnungen von Topor. detebe 20772
Die drei Geiseln. Roman. Deutsch von Marta Hackel. Mit Zeichnungen von Tatjana Hauptmann. detebe 20773
Basilissa. Roman. Deutsch von Otto Bayer detebe 21249

● W. R. Burnett

Little Caesar. Roman. Aus dem Amerikanischen von Georg Kahn-Ackermann detebe 21061
High Sierra. Roman. Deutsch von Armgard Seegers und Hellmuth Karasek. detebe 21208
Asphalt-Dschungel. Roman. Deutsch von Walle Bengs. detebe 21417

● Anton Čechov

Das Drama auf der Jagd. Eine wahre Begebenheit. Aus dem Russischen von Peter Urban detebe 21379

● Raymond Chandler

Die besten Detektivstories. Neu aus dem Amerikanischen übersetzt von Hans Wollschläger. Diogenes Evergreens
Der große Schlaf. Roman. Neu übersetzt von Gunar Ortlepp. detebe 20132
Die kleine Schwester. Roman. Neu übersetzt von W. E. Richartz. detebe 20206
Das hohe Fenster. Roman. Neu übersetzt von Urs Widmer. detebe 20208

Der lange Abschied. Roman. Neu übersetzt von Hans Wollschläger. detebe 20207
Die simple Kunst des Mordes. Briefe, Essays, Fragmente. Herausgegeben von Dorothy Gardiner und Kathrine Sorley Walker. Neu übersetzt von Hans Wollschläger
detebe 20209
Die Tote im See. Roman. Neu übersetzt von Hellmuth Karasek. detebe 20311
Lebwohl, mein Liebling. Roman. Neu übersetzt von Wulf Teichmann. detebe 20312
Playback. Roman. Neu übersetzt von Wulf Teichmann. detebe 20313
Mord im Regen. Frühe Stories. Vorwort von Prof. Philip Durham. Neu übersetzt von Hans Wollschläger. detebe 20314
Erpresser schießen nicht. Detektivstories I. Neu übersetzt von Hans Wollschläger
detebe 20751
Der König in Gelb. Detektivstories II. Neu übersetzt von Hans Wollschläger
detebe 20752
Gefahr ist mein Geschäft. Detektivstories III. Neu übersetzt von Hans Wollschläger
detebe 20753
Englischer Sommer. Geschichten, Parodien, Aufsätze. Mit einer Erinnerung von John Houseman, einem Vorwort von Patricia Highsmith und Zeichnungen von Edward Gorey. Diverse Übersetzer. detebe 20754

● Agatha Christie

Die besten Geschichten von Agatha Christie
Aus dem Englischen von Maria Meinert, Marfa Berger und Ingrid Jacob
Diogenes Evergreens
Villa Nachtigall. Geschichten. Deutsch von Peter Naujack und Günter Eichel
detebe 20825
Der Fall der enttäuschten Hausfrau
Geschichten. Deutsch von Günter Eichel
detebe 20826

● Friedrich Dürrenmatt

Das Versprechen / Aufenthalt in einer kleinen Stadt. Erzählungen. detebe 20852
Der Richter und sein Henker. Kriminalroman. Mit einer biographischen Skizze des Autors
detebe 21435
Der Verdacht. Kriminalroman. Mit einer biographischen Skizze des Autors. detebe 21436
Justiz. Roman. detebe 21540

● William Faulkner

Die Spitzbuben. Roman. Aus dem Amerikanischen von Elisabeth Schnack. detebe 20989
Der Springer greift an. Kriminalgeschichten. Deutsch von Elisabeth Schnack. detebe 20152

Die Freistatt. Roman. Deutsch von Hans Wollschläger, Vorwort von André Malraux
detebe 20802

● Celia Fremlin

Klimax. Roman. Aus dem Englischen von Dietrich Stössel. detebe 20916
Wer hat Angst vorm schwarzen Mann?
Roman. Deutsch von Otto Bayer
detebe 21302
Die Stunden vor Morgengrauen
Roman. Deutsch von Isabella Nadolny
detebe 21515

● Der goldene Gelbe 86

Sonderausgabe. Enthält folgende Romane: Raymond Chandler, Der große Schlaf / Patricia Highsmith, Zwei Femde im Zug / Eric Ambler, Die Maske des Dimitrios
detebe 21412

● Der goldene Gelbe 87

Sonderausgabe. Enthält folgende Romane: Dashiell Hammett, Der dünne Mann/Margaret Millar, Liebe Mutter, es geht mir gut/Ross Macdonald, Unter Wasser stirbt man nicht
detebe 21524

● Robert van Gulik

Mord im Labyrinth. Roman. Deutsch von Roland Schacht. detebe 21381
Tod im Roten Pavillon. Roman. Deutsch von Gretel und Kurt Kuhn. detebe 21383
Wunder in Pu-yang? Roman. Deutsch von Roland Schacht. detebe 21382
Halskette und Kalebasse. Roman. Deutsch von Klaus Schomburg. detebe 21519

● Henry Rider Haggard

Sie. Abenteuerroman. Aus dem Englischen von Helmut Degner. detebe 20236
König Salomons Schatzkammer. Roman. Deutsch von V. H. Schmied. detebe 20920

● Dashiell Hammett

Der Malteser Falke. Roman. Neu aus dem Amerikanischen übersetzt von Peter Naujack
detebe 20131
Rote Ernte. Roman. Neu übersetzt von Gunar Ortlepp. detebe 20292
Der Fluch des Hauses Dain. Roman. Neu übersetzt von Wulf Teichmann
detebe 20293
Der gläserne Schlüssel. Roman. Neu übersetzt von Hans Wollschläger. detebe 20294
Der dünne Mann. Roman. Neu übersetzt von Tom Knoth. detebe 20295

Fliegenpapier. 5 Stories. Deutsch von Harry Rowohlt, Helmut Kossodo, Helmut Degner, Peter Naujack und Elizabeth Gilbert. Vorwort von Lillian Hellman. detebe 20911
Fracht für China. 3 Stories. Deutsch von Elizabeth Gilbert, Antje Friedrichs und Walter E. Richartz. detebe 20912
Das große Umlegen. 3 Stories. Deutsch von Walter E. Richartz, Hellmuth Karasek und Wulf Teichmann. detebe 20913
Das Haus in der Turk Street. 3 Stories. Deutsch von Wulf Teichmann detebe 20914
Das Dingsbums Küken. 3 Stories. Deutsch von Wulf Teichmann. Nachwort von Steven Marcus. detebe 20915

● E.W. Heine

Kuck Kuck. Noch mehr Kille Kille Geschichten. Leinen
Kille Kille. Makabre Geschichten detebe 21053
Hackepeter. Neue Kille Kille Geschichten detebe 21219
Wer ermordete Mozart? Wer enthauptete Haydn? Mordgeschichten für Musikfreunde detebe 21437
Wie starb Wagner? Was geschah mit Glenn Miller? Neue Geschichten für Musikfreunde detebe 21514

● Patricia Highsmith

Elsie's Lebenslust. Roman. Aus dem Amerikanischen von Otto Bayer. Leinen
Der Stümper. Roman. Deutsch von Barbara Bortfeldt. detebe 20136
Zwei Fremde im Zug. Roman. Deutsch von Anne Uhde. detebe 20173
Der Geschichtenerzähler. Roman. Deutsch von Anne Uhde. detebe 20174
Der süße Wahn. Roman. Deutsch von Christian Spiel. detebe 20175
Die zwei Gesichter des Januars. Roman Deutsch von Anne Uhde. detebe 20176
Der Schrei der Eule. Roman. Deutsch von Gisela Stege. detebe 20341
Tiefe Wasser. Roman. Deutsch von Eva Gärtner und Anne Uhde. detebe 20342
Die gläserne Zelle. Roman. Deutsch von Gisela Stege und Anne Uhde. detebe 20343
Das Zittern des Fälschers. Roman. Deutsch von Anne Uhde. detebe 20344
Lösegeld für einen Hund. Roman. Deutsch von Anne Uhde. detebe 20345
Der talentierte Mr. Ripley. Roman. Deutsch von Barbara Bortfeldt. detebe 20481
Ripley Under Ground. Roman. Deutsch von Anne Uhde. detebe 20482
Ripley's Game. Roman. Deutsch von Anne Uhde. detebe 20346
Der Schneckenforscher. Vorwort von Graham Greene. Deutsch von Anne Uhde detebe 20347
Ein Spiel für die Lebenden. Roman. Deutsch von Anne Uhde. detebe 20348
Kleine Geschichten für Weiberfeinde Deutsch von W. E. Richartz. Mit Zeichnungen von Roland Topor. detebe 20349
Kleine Mordgeschichten für Tierfreunde. Deutsch von Anne Uhde. detebe 20483
Venedig kann sehr kalt sein. Roman Deutsch von Anne Uhde. detebe 20484
Ediths Tagebuch. Roman. Deutsch von Anne Uhde. detebe 20485
Der Junge, der Ripley folgte. Roman Deutsch von Anne Uhde. detebe 20649
Leise, leise im Wind. Erzählungen. Deutsch von Anne Uhde. detebe 21012
Keiner von uns. Erzählungen. Deutsch von Anne Uhde. detebe 21179
Leute, die an die Tür klopfen. Roman. Deutsch von Anne Uhde. detebe 21349
Nixen auf dem Golfplatz. Erzählungen Deutsch von Anne Uhde. detebe 21517

● Hans Werner Kettenbach

Minnie oder Ein Fall von Geringfügigkeit Roman. detebe 21218

● Maurice Leblanc

Arsène Lupin – Der Gentleman-Gauner Roman. Deutsch von Erika Gebühr detebe 20127
Die hohle Nadel oder Die Konkurrenten des Arsène Lupin. Deutsch von Erika Gebühr detebe 20239
813 – Das Doppelleben des Arsène Lupin Roman. Deutsch von Erika Gebühr detebe 20931
Der Kristallstöpsel oder Die Mißgeschicke des Arsène Lupin. Roman. Deutsch von Erika Gebühr. detebe 20932
Die Gräfin von Cagliostro oder Die Jugend des Arsène Lupin. Roman. Deutsch von Erika Gebühr. detebe 20933
Arsène Lupin kontra Herlock Sholmes Roman. Deutsch von Erika Gebühr detebe 21026
Die Insel der 30 Särge. Roman. Deutsch von Lothar Schmidt und Ulrike Simon detebe 21198
Die Uhr schlägt achtmal. Roman. Deutsch von Erika Gebühr. detebe 21254

● Gaston Leroux

Das Geheimnis des gelben Zimmers. Roman. Aus dem Französischen von Klaus Walther detebe 20924

● Marie Belloc Lowndes

Jack the Ripper oder der Untermieter Roman. Aus dem Englischen von Wulf Teichmann. detebe 20130

● Ross Macdonald

Dornröschen war ein schönes Kind. Roman. Aus dem Amerikanischen von Wulf Teichmann. detebe 20227
Unter Wasser stirbt man nicht. Roman Deutsch von Hubert Deymann. detebe 20322
Ein Grinsen aus Elfenbein. Roman. Deutsch von Charlotte Hamberger. detebe 20323
Die Küste der Barbaren. Roman. Deutsch von Marianne Lipcowitz. detebe 20324
Der Fall Galton. Roman. Deutsch von Egon Lothar Wensk. detebe 20325
Gänsehaut. Roman. Deutsch von Gretel Friedmann. detebe 20326
Der blaue Hammer. Roman. Deutsch von Peter Naujack. detebe 20541
Durchgebrannt. Roman. Deutsch von Helmut Degner. detebe 20868
Geld kostet zuviel. Roman. Deutsch von Günter Eichel. detebe 20869
Die Kehrseite des Dollars. Roman. Deutsch von Günter Eichel. detebe 20877
Der Untergrundmann. Roman. Deutsch von Hubert Deymann. detebe 20877
Der Drahtzieher. Sämtliche Detektivstories um Lew Archer I. Mit einem Vorwort des Autors. Deutsch von Hubert Deymann und Peter Naujack. detebe 21018
Einer lügt immer. Sämtliche Detektivstories um Lew Archer II. Deutsch von Hubert Deymann und Peter Naujack. detebe 21019
Sanftes Unheil. Roman. Deutsch von Monika Schoenenberger. detebe 21178
Blue City. Roman. Deutsch von Christina Sieg-Welti und Christa Hotz. detebe 21317
Der Mörder im Spiegel. Roman. Deutsch von Dietlind Bindheim. detebe 21303

● Ian McEwan

Der Trost von Fremden. Roman. Aus dem Englischen von Michael Walter. detebe 21266

● Margaret Millar

Banshee, die Todesfee. Roman. Aus dem Amerikanischen von Renate Orth-Guttmann Leinen
Liebe Mutter, es geht mir gut . . . Roman Deutsch von Elizabeth Gilbert. detebe 20226
Die Feindin. Roman. Deutsch von Elizabeth Gilbert. detebe 20276
Fragt morgen nach mir. Roman. Deutsch von Anne Uhde. detebe 20542
Ein Fremder liegt in meinem Grab. Roman. Deutsch von Elizabeth Gilbert. detebe 20646
Die Süßholzraspler. Roman. Deutsch von Georg Kahn-Ackermann und Susanne Feigl detebe 20926
Von hier an wird's gefährlich. Roman Deutsch von Fritz Güttinger. detebe 20927
Der Mord von Miranda. Roman. Deutsch von Hans Hermann. detebe 21028
Das eiserne Tor. Roman. Deutsch von Karin Reese und Michel Bodmer. detebe 21063
Fast wie ein Engel. Roman. Deutsch von Luise Däbritz. detebe 21190
Die lauschenden Wände. Roman. Deutsch von Karin Polz. detebe 21421
Nymphen gehören ins Meer! Roman Deutsch von Otto Bayer. detebe 21516

● Patrick Quentin

Bächleins Rauschen tönt so bang. Kriminalgeschichten. Deutsch von Günter Eichel detebe 20195
Familienschande. Roman. Deutsch von Helmut Degner. detebe 20917

● Jack Ritchie

Der Mitternachtswürger. Geschichten. Aus dem Amerikanischen von Alfred Probst detebe 21293
Für alle ungezogenen Leute. Detektiv-Geschichten. Deutsch von Dorothee Asendorf detebe 21384

● Georges Simenon

Brief an meinen Richter. Roman. Aus dem Französischen von Hansjürgen Wille und Barbara Klau. detebe 20371
Der Schnee war schmutzig. Roman. Deutsch von Willi A. Koch. detebe 20372
Die grünen Fensterläden. Roman. Deutsch von Alfred Günther. detebe 20373
Im Falle eines Unfalls. Roman. Deutsch von Hansjürgen Wille und Barbara Klau detebe 20374
Sonntag. Roman. Deutsch von Hansjürgen Wille und Barbara Klau. detebe 20375
Bellas Tod. Roman. Deutsch von Elisabeth Serelmann-Küchler. detebe 20376
Der Mann mit dem kleinen Hund. Roman. Deutsch von Stefanie Weiss. detebe 20377
Drei Zimmer in Manhattan. Roman. Deutsch von Linde Birk. detebe 20378
Die Großmutter. Roman. Deutsch von Linde Birk. detebe 20379

Der kleine Mann von Archangelsk. Roman. Deutsch von Alfred Kuoni. detebe 20584
Der große Bob. Roman. Deutsch von Linde Birk. detebe 20585
Die Wahrheit über Bébé Donge. Roman Deutsch von Renate Nickel. detebe 20586
Tropenkoller. Roman. Deutsch von Annerose Melter. detebe 20673
Ankunft Allerheiligen. Roman. Deutsch von Eugen Helmlé. detebe 20674
Der Präsident. Roman. Deutsch von Renate Nickel. detebe 20675
Der kleine Heilige. Roman. Deutsch von Trude Fein. detebe 20676
Der Outlaw. Roman. Deutsch von Liselotte Julius. detebe 20677
Der Verdächtige. Roman. Deutsch von Eugen Helmlé. detebe 20679
Die Verlobung des Monsieur Hire. Roman Deutsch von Linde Birk. detebe 20681
Der Mörder. Roman. Deutsch von Lothar Baier. detebe 20682
Die Zeugen. Roman. Deutsch von Anneliese Botond. detebe 20683
Die Komplizen. Roman. Deutsch von Stefanie Weiss. detebe 20684
Die Unbekannten im eigenen Haus. Roman. Deutsch von Gerda Scheffel. detebe 20685
Der Ausbrecher. Roman. Deutsch von Erika Tophoven. detebe 20686
Wellenschlag. Roman. Deutsch von Eugen Helmlé. detebe 20687
Der Mann aus London. Roman. Deutsch von Stefanie Weiss. detebe 20813
Die Überlebenden der Télémaque. Roman. Deutsch von Hainer Kober. detebe 20814
Der Mann, der den Zügen nachsah. Roman. Deutsch von Walter Schürenberg detebe 20815
Zum Weißen Roß. Roman. Deutsch von Trude Fein. detebe 20986
Der Tod des Auguste Mature. Roman Deutsch von Anneliese Boton. detebe 20987
Die Fantome des Hutmachers. Roman Deutsch von Eugen Helmlé. detebe 21001
Die Witwe Couderc. Roman. Deutsch von Hanns Grössel. detebe 21002
Schlußlichter. Roman. Deutsch von Stefanie Weiss. detebe 21010
Die schwarze Kugel. Roman. Deutsch von Renate Nickel. detebe 21011
Die Brüder Rico. Roman. Deutsch von Angela von Hagen. detebe 21020
Antoine und Julie. Roman. Deutsch von Eugen Helmlé. detebe 21047
Betty. Roman. Deutsch von Raymond Regh detebe 21057
Der Neger. Roman. Deutsch von Linde Birk detebe 21118
Die Tür. Roman. Deutsch von Linde Birk detebe 21114
Das blaue Zimmer. Roman. Deutsch von Angela von Hagen. detebe 21121
Der Bürgermeister von Furnes. Roman Deutsch von Hans Grössel. detebe 21209
Es gibt noch Haselnußsträucher. Roman Deutsch von Angela von Hagen detebe 21192
Die Glocken von Bicêtre. Roman. Neu übersetzt von Angela von Hagen. detebe 20678
Das Testament Donadieu. Roman. Deutsch von Eugen Helmlé. detebe 21256
Der Untermieter. Roman. Deutsch von Ralph Eue. detebe 21255
Emil und sein Schiff. Erzählungen. Deutsch von Angela von Hagen und Linde Birk detebe 21318
Exotische Novellen. Deutsch von Annerose Melter. detebe 21285
Die schwanzlosen Schweinchen. Erzählungen Deutsch von Linde Birk. detebe 21284
Die Leute gegenüber. Roman. Deutsch von Hans-Joachim Hartstein. detebe 21273
Weder ein noch aus. Roman. Deutsch von Elfriede Riegler. detebe 21304
Auf großer Fahrt. Roman. Deutsch von Angela von Hagen. detebe 21327
Der Bericht des Polizisten. Roman. Deutsch von Markus Jakob. detebe 21328
Die Zeit mit Anaïs. Roman. Deutsch von Ursula Vogel detebe 21329
Die Katze. Roman. Deutsch von Angela von Hagen. detebe 21378
Der Passagier der Polarlys. Roman. Deutsch von Stephanie Weiss. detebe 21377
Die Schwarze von Panama. Roman. Deutsch von Ursula Vogel. detebe 21424
Das Gasthaus im Elsaß. Roman. Deutsch von Angela von Hagen. detebe 21425
Das Haus am Kanal. Roman. Deutsch von Ursula Vogel. detebe 21426
Der Zug. Roman. Deutsch von Trude Fein detebe 21480
Striptease. Roman. Deutsch von Angela von Hagen. detebe 21481
45° im Schatten. Roman. Deutsch von Angela von Hagen. detebe 21482
Die Eisentreppe. Roman. Deutsch von Angela von Hagen. detebe 21557
Das Fenster der Rouets. Roman. Deutsch von Stephanie Weiss. detebe 21558
Die bösen Schwestern von Concarneau Roman. Deutsch von Ingrid Altrichter detebe 21559
Weihnachten mit Maigret. Zwei Romane und eine Erzählung. Leinen
Maigrets erste Untersuchung. Roman. Deutsch von Roswitha Plancherel. detebe 20501

Maigret und Pietr der Lette. Roman. Deutsch von Wolfram Schäfer. detebe 20502
Maigret und die alte Dame. Roman. Deutsch von Renate Nickel. detebe 20503
Maigret und der Mann auf der Bank Roman. Deutsch von Annerose Melter detebe 20504
Maigret und der Minister. Roman. Deutsch von Annerose Melter. detebe 20505
Mein Freund Maigret. Roman. Deutsch von Annerose Melter. detebe 20506
Maigrets Memoiren. Roman. Deutsch von Roswitha Plancherel. detebe 20507
Maigret und die junge Tote. Roman. Deutsch von Raymond Regh. detebe 20508
Maigret amüsiert sich. Roman. Deutsch von Renate Nickel. detebe 20509
Hier irrt Maigret. Roman. Deutsch von Renate Nickel. detebe 20690
Maigret und der gelbe Hund. Roman Deutsch von Raymond Regh. detebe 20691
Maigret vor dem Schwurgericht. Roman Deutsch von Wolfram Schäfer. detebe 20692
Maigret als möblierter Herr. Roman Deutsch von Wolfram Schäfer. detebe 20693
Madame Maigrets Freundin. Roman Deutsch von Roswitha Plancherel detebe 20713
Maigret kämpft um den Kopf eines Mannes Roman. Deutsch von Roswitha Plancherel detebe 20714
Maigret und die kopflose Leiche. Roman Deutsch von Wolfram Schäfer. detebe 20715
Maigret und die widerspenstigen Zeugen Roman. Deutsch von Wolfram Schäfer detebe 20716
Maigret am Treffen der Neufundlandfahrer Roman. Deutsch von Annerose Melter detebe 20717
Maigret bei den Flamen. Roman. Deutsch von Claus Sprick. detebe 20718
Maigret und die Bohnenstange. Roman Deutsch von Guy Montag. detebe 20808
Maigret und das Verbrechen in Holland Roman. Deutsch von Renate Nickel detebe 20809
Maigret und sein Toter. Roman. Deutsch von Elfriede Riegler. detebe 20810
Maigret beim Coroner. Roman. Deutsch von Wolfram Schäfer. detebe 20811
Maigret, Lognon und die Gangster. Roman Deutsch von Wolfram Schäfer. detebe 20812
Maigret und der Gehängte von Saint-Pholien Roman. Deutsch von Sibylle Powell detebe 20816
Maigret und der verstorbene Monsieur Gallet Roman. Deutsch von Roswitha Plancherel detebe 20817
Maigret regt sich auf. Roman. Deutsch von Wolfram Schäfer. detebe 20820
Maigret und das Schattenspiel. Roman Deutsch von Claus Sprick. detebe 20734
Maigret und die Keller des Majestic. Roman. Deutsch von Linde Birk. detebe 20735
Maigret contra Picpus. Roman. Deutsch von Hainer Kober. detebe 20736
Maigret läßt sich Zeit. Roman. Deutsch von Sibylle Powell. detebe 20755
Maigrets Geständnis. Roman. Deutsch von Roswitha Plancherel. detebe 20756
Maigret zögert. Roman. Deutsch von Annerose Melter. detebe 20757
Maigret und der Treidler der »Providence« Roman. Deutsch von Claus Sprick detebe 21029
Maigrets Nacht an der Kreuzung. Roman Deutsch von Annerose Melter. detebe 21050
Maigret hat Angst. Roman. Deutsch von Elfriede Riegler. detebe 21062
Maigret erlebt eine Niederlage. Roman Deutsch von Elfriede Riegler. detebe 21120
Maigret gerät in Wut. Roman. Deutsch von Wolfram Schäfer. detebe 21113
Maigret verteidigt sich. Roman. Deutsch von Wolfram Schäfer. detebe 21117
Maigret und der geheimnisvolle Kapitän Roman. Deutsch von Annerose Melter detebe 21180
Maigret und die alten Leute. Roman Deutsch von Annerose Melter. detebe 21200
Maigret und das Dienstmädchen. Roman Deutsch von Hainer Kober. detebe 21220
Maigret und der Fall Nahour. Roman Deutsch von Sibylle Powell. detebe 21250
Maigret im Haus des Richters. Roman Deutsch von Liselotte Julius. detebe 21238
Maigret und der Samstagsklient. Roman Deutsch von Angelika Hildebrandt-Essig detebe 21295
Maigret in New York. Roman. Deutsch von Bernhard Jolles. detebe 21308
Maigret und die Affäre Saint-Fiacre. Roman Deutsch von Werner De Haas. detebe 21373
Sechs neue Fälle für Maigret. Erzählungen Deutsch von Elfriede Riegler. detebe 21375
Maigret stellt eine Falle. Roman. Deutsch von Angela von Hagen. detebe 21374
Maigret in der Liberty Bar. Roman. Deutsch von Angela von Hagen. detebe 21376
Maigret und der Spion. Roman. Deutsch von Hainer Kober. detebe 21427
Maigret und die kleine Landkneipe. Roman Deutsch von Bernhard Jolles und Heide Bideau. detebe 21428
Maigret und der Verrückte von Bergerac Roman. Deutsch von Hainer Kober detebe 21429

Maigret, die Tänzerin und die Gräfin. Roman Deutsch von Hainer Kober. detebe 21484
Maigret macht Ferien. Roman. Deutsch von Markus Jakob. detebe 21485
Maigret und der hartnäckigste Gast der Welt Erzählungen. Deutsch von Linde Birk und Ingrid Altrichter. detebe 21486
Maigret verliert eine Verehrerin. Roman Deutsch von Ingrid Altrichter. detebe 21521
Maigret in Nöten. Roman. Deutsch von Markus Jakob. detebe 21522
Maigret und sein Rivale. Roman. Deutsch von Ingrid Altrichter. detebe 21523
Maigret und die schrecklichen Kinder. Roman Deutsch von Paul Celan. detebe 21574
Maigret und sein Jugendfreund. Roman Deutsch von Ingrid Altrichter. detebe 21575
Maigret und sein Revolver. Roman. Deutsch von Markus Jakob. detebe 21576

● Henry Slesar

Fiese Geschichten für fixe Leser. Aus dem Amerikanischen von Thomas Schlück Diogenes Evergreens. Auch als detebe 21125
Das graue distinguierte Leichentuch. Roman. Deutsch von Paul Baudisch und Thomas Bodmer. Ausgezeichnet mit dem Edgar-Allan-Poe-Preis. detebe 20139
Vorhang auf, wir spielen Mord! Roman Deutsch von Thomas Schlück. detebe 20216
Erlesene Verbrechen und makellose Morde Geschichten. Deutsch von Günter Eichel und Peter Naujack. Vorwort von Alfred Hitchcock. Zeichnungen von Tomi Ungerer detebe 20225
Ein Bündel Geschichten für lüsterne Leser Deutsch von Günter Eichel. Einleitung von Alfred Hitchcock. Zeichnungen von Tomi Ungerer. detebe 20275
Hinter der Tür. Roman. Deutsch von Thomas Schlück. detebe 20540
Aktion Löwenbrücke. Roman. Deutsch von Günter Eichel. detebe 20656
Ruby Martinson. Geschichten vom größten erfolglosen Verbrecher der Welt. Deutsch von Helmut Degner. detebe 20657
Schlimme Geschichten für schlaue Leser Deutsch von Thomas Schlück. detebe 21036
Coole Geschichten für clevere Leser. Deutsch von Thomas Schlück. detebe 21046
Böse Geschichten für brave Leser. Deutsch von Christa Hotz und Thomas Schlück detebe 21248
Die siebte Maske. Roman. Deutsch von Gerhard und Alexandra Baumrucker. detebe 21518
Frisch gewagt ist halb gemordet. Geschichten Deutsch von Barbara und Jobst-Christian Rojahn. detebe 21577

● Julian Symons

Auf den Zahn gefühlt. Detektivgeschichten. Aus dem Englischen von Thomas Schlück detebe 20601
Ein Pekinese aus Gips. Kriminalgeschichten. Deutsch von Günter Eichel. Zeichnungen von Josef Weihard. detebe 20740

Monographien und Materialien

Ambler by Ambler
Eine Autobiographie. Aus dem Englischen von Matthias Fienbork. Leinen

Über Eric Ambler
Aufsätze von Alfred Hitchcock bis Helmut Heißenbüttel. Chronik und Bibliographie. Herausgegeben von Gerd Haffmans. detebe 20607

Über Alfred Andersch
Essays, Aufsätze, Rezensionen von Thomas Mann bis Arno Schmidt. Interviews, Chronik, Bibliographie der Werke. Auswahlbibliographie der Sekundärliteratur. Zweite, vermehrte und verbesserte Auflage. Herausgegeben von Gerd Haffmans. detebe 20819

Über Balzac
Zeugnisse und Aufsätze von Victor Hugo bis Somerset Maugham. Mit einem Repertorium der wichtigsten Romanfiguren, Chronik und Bibliographie. Herausgegeben von Claudia Schmölders. detebe 20309

Das Leben des Honoré Balzac
Eine Biographie von André Maurois. Aus dem Französischen von Ernst Sander und Bruno Berger. detebe 21297

Ludwig Börne
Aus der Frühzeit der deutschen Demokratie. Von Ludwig Marcuse. detebe 20259

Truman Capote
»Ich bin schwul. Ich bin süchtig. Ich bin ein Genie.«
Ein intimes Gespräch mit Lawrence Grobel Aus dem Amerikanischen von Thomas Lindquist. Mit einem Vorwort von James A. Michener. Mit 15 Fotos. Broschur

Čechov-Chronik
Daten zu Leben und Werk zusammengestellt von Peter Urban. Mit Nachwort, ausführlicher Bibliographie und Register. Leinen

Anton Čechov
Sein Leben in Bildern
Herausgegeben von Peter Urban. Mit Abbildungen, einem Anhang mit Daten zu Leben und Werk und einem Personenregister. Leinen

Über Čechov
Herausgegeben von Peter Urban
detebe 21244

Raymond Chandler
Eine Biographie. Von Frank MacShane. Aus dem Amerikanischen von Christa Hotz, Alfred Probst und Wulf Teichmann
detebe 20960

Über Chaplin
Aufsätze und Reportagen von Sergej Eisenstein bis Theodor W. Adorno. Herausgegeben von Wilfried Wiegand. detebe 20517

Charles Dickens
Ein Essay von George Orwell. Deutsch von Manfred Papst. detebe 21398

Friedrich Dürrenmatt
Stationen seines Werkes. Von Elisabeth Brock-Sulzer. Mit Fotos, Zeichnungen, Faksimiles. detebe 21388

Über Friedrich Dürrenmatt
Essays, Zeugnisse und Rezensionen von Gottfried Benn bis Saul Bellow. Mit Interviews, Chronik und Bibliographie. Herausgegeben von Daniel Keel. detebe 20861

Über William Faulkner
Aufsätze und Rezensionen von Malcolm Cowley bis Siegfried Lenz. Mit Essays und Zeichnungen, einem Interview mit William Faulkner, Chronik und Bibliographie. Herausgegeben von Gerd Haffmans.
detebe 20098

Fellini
Ein Porträt. Von Liliana Betti. Mit 80 Fotos und Zeichnungen. Aus dem Italienischen von Inez De Florio-Hansen. detebe 20769

Über Gustave Flaubert
Aufsätze und Zeugnisse von Guy de Maupassant bis Heinrich Mann. Mit Chronik und Bibliographie. Herausgegeben von Gerd Haffmans und Franz Cavigelli. detebe 20726

Sigmund Freud
Sein Bild vom Menschen. Von Ludwig Marcuse. Mit Register und Literaturverzeichnis. detebe 20035

Über Jeremias Gotthelf
Vier Essays von Gottfried Keller. Mit einem Nachwort von Heinz Weder, Chronik und Bibliographie. detebe 20573

Dashiell Hammett
Eine Biographie von Diane Johnson. Aus dem Amerikanischen von Nikolaus Stingl. Mit zahlreichen Abbildungen. Leinen

Heinrich Heine
Melancholiker, Streiter in Marx, Epikureer. Von Ludwig Marcuse. detebe 20258

Über Patricia Highsmith
Essays und Zeugnisse von Graham Greene bis Peter Handke. Mit Bibliographie, Filmographie und zahlreichen Fotos. Herausgegeben von Fritz Senn und Franz Cavigelli. detebe 20818

Ignatius von Loyola
Ein Soldat der Kirche. Von Ludwig Marcuse. detebe 20078

Frauen in Kafkas Leben
Von Nahum N. Glatzer. Aus dem Amerikanischen von Otto Bayer. Leinen

Über Gottfried Keller
Sein Leben in Selbstzeugnissen und Zeugnissen von C. F. Meyer bis Theodor Storm. Mit Chronik und Bibliographie. Herausgegeben von Paul Rilla. detebe 20535

Lebensgeschichten
der berühmtesten Maler, Bildhauer und Architekten der Renaissance von Giorgio Vasari. Herausgegeben von Ernst Jaffé. Mit einem Nachwort von Marianne Bernhard und 27 ganzseitigen Porträts. detebe 21320

Über Carson McCullers
Elf Essays und Aufsätze von Carson McCullers, erstmals deutsch. Essays, Aufsätze und Rezensionen über Carson McCullers von Edward Albee bis Gabriele Wohmann. Übersetzungen von Elisabeth Schnack und Elizabeth Gilbert. Mit Chronik und Bibliographie. Herausgegeben von Gerd Haffmans. detebe 20147

Karl May
Grundriß eines gebrochenen Lebens. Von Hans Wollschläger. detebe 20253

Michel de Montaigne
Eine Biographie von Wilhelm Weigand detebe 21283

Über George Orwell
Herausgegeben von Manfred Papst. Deutsch von Matthias Fienbork. detebe 21225

Der Hellseher
George Orwell's Werk und Wirken. Von George Woodcock. Aus dem Englischen von Matthias Fienbork. Leinen

Frieda von Richthofen
Ihr Leben mit D.H. Lawrence, dem Dichter der ›Lady Chatterley‹. Von Robert Lucas detebe 21356

Über Arthur Schopenhauer
Essays von Nietzsche bis Horkheimer, Zeugnisse von Jean Paul bis Arno Schmidt. Im Anhang Chronik und Bibliographie. Herausgegeben von Gerd Haffmans. detebe 20431

Über Simenon
Essays, Aufsätze und Zeugnisse von André Gide bis Alfred Andersch. Mit Lebensdaten, Bibliographie und Filmographie. Herausgegeben von Christian Strich und Claudia Schmölders. detebe 20499

Über Stendhal
Essays und Zeugnisse von Mérimée bis Léautaud. Mit Chronik und Bibliographie. Herausgegeben von Irene Riesen. detebe 20976

Das denkwürdige Leben des Richard Wagner
Von Ludwig Marcuse. Mit Register detebe 21085

Lesebücher im Diogenes Verlag

Das Diogenes Lesebuch klassischer deutscher Erzähler
in drei Bänden: I. von Wieland bis Kleist, II. von Grimm bis Hauff, III. von Mörike bis Busch. Herausgegeben von Christian Strich und Gerd Haffmans
detebe 20727, 20728, 20669

Das Diogenes Lesebuch moderner deutscher Erzähler
in zwei Bänden: I. von Schnitzler bis Kästner, II. von Andersch bis Urs Widmer. Herausgegeben von Christian Strich und Gerd Haffmans
detebe 20782 und 20776

Das Diogenes Lesebuch amerikanischer Erzähler
Geschichten von Washington Irving bis Harold Brodkey. Bio-Bibliographie der Autoren und Literaturhinweise. Herausgegeben von Gerd Haffmans. detebe 20271

Das Diogenes Lesebuch englischer Erzähler
Geschichten von Wilkie Collins bis Alan Sillitoe. Bio-Bibliographie der Autoren und Literaturhinweise. Herausgegeben von Gerd Haffmans. detebe 20272

Das Diogenes Lesebuch französischer Erzähler
von Stendhal bis Simenon. Herausgegeben von Anne Schmucke und Gerda Lheureux. detebe 20304

Das Diogenes Lesebuch irischer Erzähler
Geschichten von Joseph Sheridan Le Fanu bis Edna O'Brien. Bio-Bibliographie der Autoren und Literaturhinweise. Herausgegeben von Gerd Haffmans. detebe 20273

Das Diogenes Lesebuch deutscher Balladen
von Bürger bis Brecht. Herausgegeben von Christian Strich. detebe 20923

Das Günther Anders Lesebuch
Herausgegeben von Bernhard Lassahn
detebe 21232

Das Alfred Andersch Lesebuch
Herausgegeben von Gerd Haffmans
detebe 20695

Das Gottfried Benn Lesebuch
Ein Querschnitt durch das Prosawerk, herausgegeben von Max Niedermayer und Marguerite Schlüter. detebe 20982

Das Wilhelm Busch Bilder- und Lesebuch
Ein Querschnitt durch sein Werk, dazu Essays und Zeugnisse sowie Chronik und Bibliographie. Herausgegeben von Gerd Haffmans. detebe 20391

Das Čechov Lesebuch
Herausgegeben, kommentiert und mit einem Vorwort von Peter Urban. detebe 21245

Das James Joyce Lesebuch
Auswahl aus ›Dubliner‹, ›Porträt des Künstlers‹ und ›Ulysses‹. Aus dem Englischen von Dieter E. Zimmer, Klaus Reichert und Hans Wollschläger. Mit Aufzeichnungen von Georges Borach und einer Betrachtung von Fritz Senn. detebe 20486

Das Erich Kästner Lesebuch
Herausgegeben von Christian Strich
detebe 20515

Das Hugo Loetscher Lesebuch
Herausgegeben von Georg Sütterlin
detebe 21207

Niklaus Meienberg
Heimsuchungen
Ein ausschweifendes Lesebuch. detebe 21355

Das Sean O'Casey Lesebuch
Herausgegeben von Urs Widmer. Mit einem Vorwort von Heinrich Böll und einem Nachwort von Klaus Völker. detebe 21126

Das George Orwell Lesebuch
Essays, Reportagen, Betrachtungen. Herausgegeben und mit einem Nachwort von Fritz Senn. Deutsch von Tina Richter.
detebe 20788

Das Ringelnatz Lesebuch
Herausgegeben von Daniel Keel
detebe 21157

Das Georges Simenon Lesebuch
Herausgegeben von Daniel Keel
detebe 20500

Das Tomi Ungerer Bilder- und Lesebuch
Mit Beiträgen von Erich Fromm bis Walther Killy. Zahlreiche Zeichnungen. Chronik und Bibliographie. Herausgegeben von Daniel Keel. detebe 20487

Das Urs Widmer Lesebuch
Herausgegeben von Thomas Bodmer. Vorwort von H. C. Artmann. Nachwort von Hanns Grössel. detebe 20783